一年四季的风物、手作和小食

微风果实与花

龙竞／著

北京联合出版公司
Beijing United Publishing Co.,Ltd.

图书在版编目（CIP）数据

微风果实与花 / 龙竞著. -- 北京 : 北京联合出版公司, 2017.2

ISBN 978-7-5502-9895-8

Ⅰ. ①微… Ⅱ. ①龙… Ⅲ. ①散文集—中国—当代 Ⅳ. ① I267

中国版本图书馆 CIP 数据核字（2017）第 035356 号

微风果实与花

作　　者：龙　竞

策　　划：北京沃索文化传播有限公司

责任编辑：杨　青　徐秀琴

特约编辑：李剑敏

封面设计：周　彧

版式设计：周　彧

北京联合出版公司出版

（北京市西城区德外大街 83 号楼 9 层　100088）

北京旭丰源印刷技术有限公司　　新华书店经销

字数 160 千字　710 毫米 × 1000 毫米　1/16　印张 16

2017 年 4 月第 1 版　2017 年 4 月第 1 次印刷

ISBN 978-7-5502-9895-8

定价:39.80 元

目录

{秋分}

{寒露}

{霜降}

立春

问梅消息

清晨雾霭沉沉，到了黄昏更是早早黯淡，天色不明，夜晚似乎比冬至时还要来得早。

孩子陪我去寄信。出门闻见疏淡的梅香。然而楼下只有女贞与珊瑚树，以及落成秃枝的山核桃树。我与她像狗一样伸长了颈子将那香味在空气中寻了又寻。“啊……”我忽然想到，“围墙那头有棵很大的腊梅树，要爬到顶楼才能见到，一定是它开花了。”我说。

虽是一墙之隔，我们还是绕了挺远的一段路，从医院后边的小院进去，拾径而行，隐居的树果然以满怀的繁花迎接我们。这条路没有行人，连路灯也无，天光如此黯淡，那树却好像有光芒。清冷的花香连同它的光在空气里流动，静极了，却又丰盛极了。

她沿着砖头爬到高处踮起脚，好离树近一些，好贪慕地闻到更多香气。我在树下流连，摸黑寻了一会儿，拾得两朵落英。

她要将花儿拢在手里才肯离去。

回家后不知拿这两朵如何是好，只好搁在粉青茶碗里，添些茶水做了案头的清供。

次日那水竟染成了香的。

杏仁的香气

家里的狗非常喜欢吃杏仁饼，当然，我也很喜欢。

阅读的当儿从篮子里摸一块，尚未入口，鼻子先行闻到杏仁的香气。举凡坚果的果仁——比如核桃、榛仁、腰果的味道，大多厚重。相较而言，杏仁香气独特，决不似核桃笨手笨脚，大略带着些清浅的苦味，因而更接近于药香。说起药香，每日黄昏，中医院的侧门，会打门里推出满满一车的中药渣子，径自在门边倾成一座小山。小山于冬天的寒气当中热气腾腾，又被煮药阿姨手中的木铲子掀着，蒸腾出更多雾一样的热气。路过的人们在中药潮湿的香气中匆匆经过，像鱼。

中药的香气属于端午，属于重阳，属于旧事物。这大约是因为中药本身，大多也是旧事物吧。

杏仁的香气比起中药味来，又更软更轻更薄一些。或如宣纸比之蒙垦纸。

倘若花香属于春季，薄荷香属于夏季，树木香属于秋季，坚果的油脂香属于冬季，那么杏仁香呢？

也许它接近四季，却又被四季张望。

可以用来装坚果的毡盒

1. 在正方形毡布的四角，剪去四个相同大小的正方形。
2. 如图对折重叠相邻的边，以虚线缝合。
3. 缝合四个角。

TIPS：

・毛布有一定的硬度，缝合好以后会立起来成为盒子。也可以尝试用其他较硬的材料来做，比如硬质的革、很厚的帆布等。

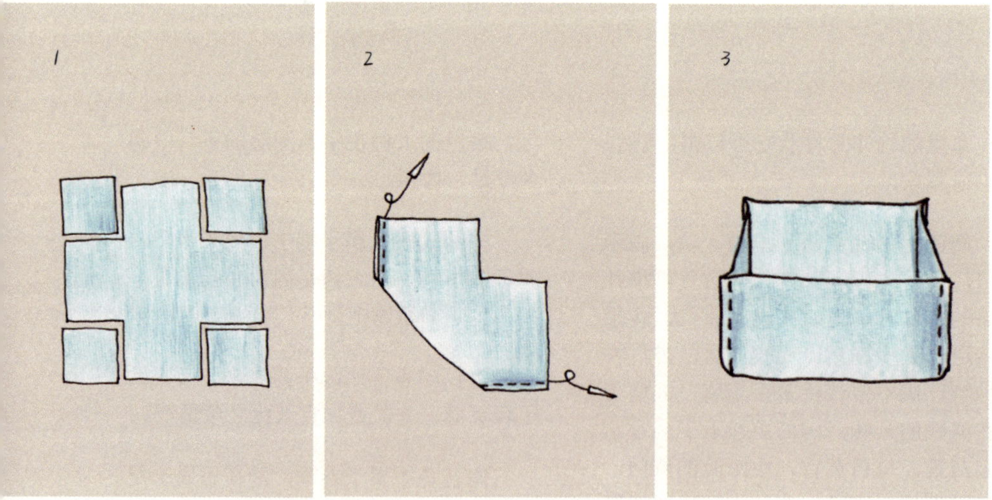

雨水

在我外孙女出嫁的那个年代

当我老了之后，我可能会成为一个枯燥的老太太。

我可能会养一只猫。冬天时让它趴在我的膝盖上。年迈后说不定人容易犯困，我也就不得不跟猫一起打盹。猫睡着的时候会打呼噜，听起来就像破了洞的风琴。年迈的我说不定也会打起呼噜，好像一只煮沸的茶壶。

当我年老，那个年代没有葡萄架没有午后阳光。正宗的午后阳光只存在于赫本的时代。但是，我的膝上除了猫还有一条小毛毯。尽管这条来自我那个年代的毯子已经很旧，但它仍残存着一丁点儿故往的温厚。

若我的外孙女不嫌它太古旧，我愿将小毛毯如传家宝一般赠予。在我外孙女出嫁的年代，也许女红早已没落，手作成为典故，世界上出现更多新的事物，有些是如今的我们想也想不到的样子。而我们熟识的现在，像头忧伤的动物，非常识相，渐行渐远，离群索居。

我的祖父曾向我描述老年人的听力，他大声说："我听得见！其实我都能听得见！只不过是听不清，你说话，我听来都是嗡嗡嗡……"

此后无论同他说什么，望着他茫然的表情，我总觉得自己是一只蜜蜂。

对于属于我们的时代——譬如现在，我们总是毫不在意，只有在发现自己渐渐老去的时候才想到尽力挽留。无奈这时代如同老年人的听力般越用越少，任你如何用力，世界也不再为你鸣响了。它走远了。当我年老，若我还想再听一遍《天空中戴钻石的露西》，大概也只能听见昆虫的吟唱。

昆虫说，属于你的，早就过去了。

只有小毛毯属于我。它是一份寄往未来的包裹，收件人是年迈但尚未老年痴呆的我自己。小毛毯包含的信息琐碎又家常，譬如——红色那一小块儿原先是我毛衣的衣领；那一圈儿浓浓的深蓝还记得吗？妈妈有一件这样的毛衣；织到这一块的时候，我帮爸爸炖骨头汤却烫到手……

当我非常非常老，会是谁在我身边陪着我——也许谁也没有，只有我年轻时给自己织的小毛毯，它带着娘家的味道默默地陪伴我。

而膝上的那只猫，谁知道它还在不在呢？

肉桂南瓜派

材料（以8寸派盘为例）：南瓜400g，砂糖45ml（3大匙），牛奶45ml（3大匙），鸡蛋2枚，切片吐司4–5片，肉桂粉一点点。

---

1. 南瓜洗净，切开，掏去瓤和瓜子，称重400g。

1

2. 南瓜放入微波炉中高火加热10分钟至熟软。在微波炉工作的时候，我们可以来处理吐司。

2

3

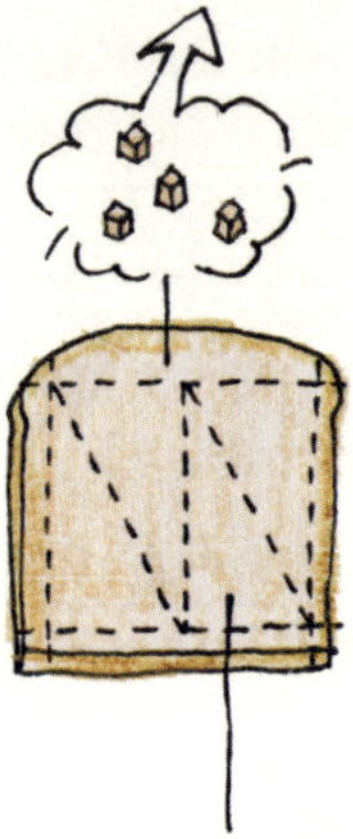

4

5

6

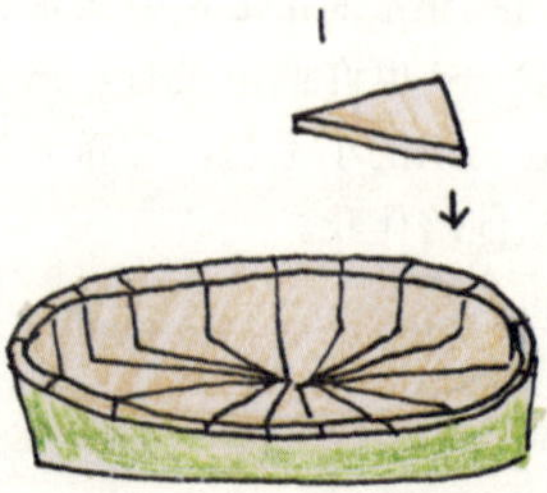

7

8

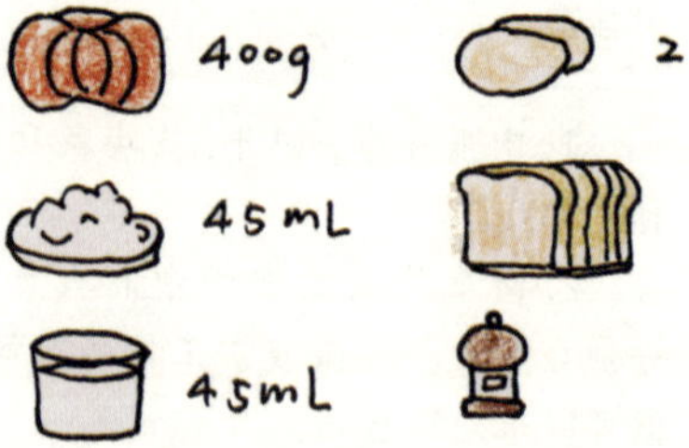

3. 如图将吐司切去四周的硬边。切下来的硬边先不要吃掉，取两三根切成碎丁。中间的正方形吐司对半切成两片，再对角切成直角三角形放在一边。

4. 加热过的南瓜连原本硬硬的皮都变得很软，用碾压器（或勺子、叉子）压碎它。如果你不喜欢派里有南瓜皮，可以把皮去掉。

5. 南瓜泥置于大碗中，将切好的吐司丁、牛奶、鸡蛋、白砂糖，边搅拌边分次加入，混合均匀。

6. 派盘涂油（分量外），像糊纸皮一样贴上直角形吐司片。压紧，使吐司皮与派盘贴合。

7. 将与各种材料混合好的南瓜泥倒入派盘。

8. 在表面薄撒肉桂粉。烤盘预热 210 度，送入烤约 30 分钟（我家烤箱温度低，请根据自家烤箱的习性进行调整。正常的烤箱 180 度烤 25 分钟应该够了）。

TIPS：

·在派馅中加入一些撕碎的面包边是为了适当的吸收水分，使派馅更易成型更有弹性。如果你选用的南瓜本身水分较少，就不要用这招。

·在第 6 步中，吐司压紧会形成紧实的派皮。如果侧边不压紧，留有吐司的形状，则会烤出松脆的派边。

1

2

3

1. 压紧吐司片的派皮效果
2. 未压紧所形成的松脆派皮
3. 多余的吐司边与南瓜籽可以烤成零食

扫阳台。

因为大风不停地涌过，阳台地上积了厚厚的灰和草末儿。总是要不停打扫，多少让人觉得有些烦躁。

高粱穗编织的扫帚一路扫着，又一路自行地落下细碎草叶（或是籽）。扫帚拂过每一寸水泥地，每一个拐角，直到阳台正中垒起一小垛灰堆。这时我见到一只蟋蟀，从灰堆里咯噔咯噔地走出来，又咯噔咯噔地离开，不多时已走到阳台边缘。也许它原本住在阳台的某个拐角，与我们毗邻而居。又或它原本只是在晒太阳，或是在打瞌睡，却在这个有风的天气里被一把扫帚撮进了灰色的小山丘。

假定这是某人的遭遇，或许会大发雷霆的吧。然而蟋蟀可不在乎呢，它只是咯噔咯噔地走着，以散步的姿态不紧不慢地从麻烦的灰堆里走出来。也许走到隔壁，会继续晒它的太阳，打它的瞌睡，哼它的歌。

无论如何，在城市里能遇见不是蟑螂的昆虫，多少会让人高兴。

我回身进屋，将日历翻到三月。——离惊蛰，还有十天呢。

悄悄地，春天还是来了啊。

常常在清晨和傍晚听到的那几声虫鸣，会不会就是这只蟋蟀演奏的曲子呢。——我常将蟋蟀想成演奏乐曲的人，大约就像童话《时代广场的蟋蟀》里那只蟋蟀柴斯特。柴斯特爱吃汉堡里的莴苣叶子，与猫和老鼠交朋友，会拉曲子，比如爵士乐或者李斯特，算是位见过大世面的蟀蟋了。童话虽然是虚构的，然而那些有关友情的触动人心的细节却总是让读着的人羡慕。若有可能，我倒也希望自己能像书中的玛利欧那样豢养一只聪明的蟋蟀。

那么，来看看与我们毗邻而居的这位演奏者呢——显见它有些害羞。在春寒料峭的时节只怯生生的三两声，稚嫩而清亮，与树梢上的鸟语相比就像蛛丝和露滴。当我们疑惑地支楞起耳朵，它却像从未出现过一样安静。

“你有没有听到蟋蟀叫？”

“好像有……”

任我们如何倾听、猜测，它总像个怯场的演奏者，只躲在幕后，连咳嗽都不愿透露。然而再怎样羞怯，却也不得不在这个大风的天气被一把扫帚催促着上场了——它咯噔咯噔地踱到了隔壁，少顷，细细密密的鹅毛草里传来几声清亮而欣喜的乐曲。

“句句句……句……”

你看，虽然没有中国宫廷的小笼子来豢养，虽然没有听到蟋蟀拉出李斯特的曲子，然而，在城市里，能有这样温柔的虫鸣当邻居实在是件让人觉得很快乐的事。

惊蛰

春天伸来冬天的手

等日历翻到三月，庭院里的泥土也开始松动了。原本冻得梆硬的巧克力色的泥巴，在被暖风解冻之后就像充了气，变得松软而有弹性。走在上面，柔软的质地使脚掌隔着鞋底也能感觉到大地的回应。那是让人走着走着就想舞蹈的路，是每一步都像在与你对话的泥土。半绿的草地，生长正进行到一半（几乎可以想见草根抽节拔苗挣着手脚的样子），墙根成簇的绿叶中，蓝色的婆婆纳小花正开放。这时路过鼻尖的风也软了，少了严冬的冷峻，混夹着草根和泥土的味道。

也许只有在春天，大地才是少女——稚嫩的，爱美的，羞怯而又以惊人速度成长的。

在这样的季节，可以做什么呢？

我喜欢在这儿发呆，或是读书。那是一方被废弃的花圃。它位于附近公园的湖畔，不知什么原因没有种花，反而被园丁堆满了松木的树皮。这些树皮因受着温暖阳光的照耀，加之湖面上富含水汽的微风的吹拂而在周遭空气中布满松木特有的香气。

每一块树皮都很厚，又像是崭新的，因而难免会让人猜测它的主人将会是棵多么大的树。

——那么大的树，肚子也许是个房间，里面住着屯粮的松鼠，或是一窝软软的虫，或是树精吧，原本每一棵树都应该有树精的。

坐在树精房间的瓦片上读书，书就好像永远读不完，因为松木的香气是令人入睡的香气。

1

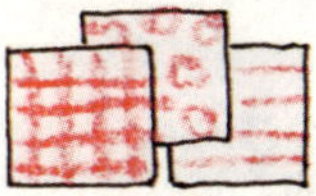

2

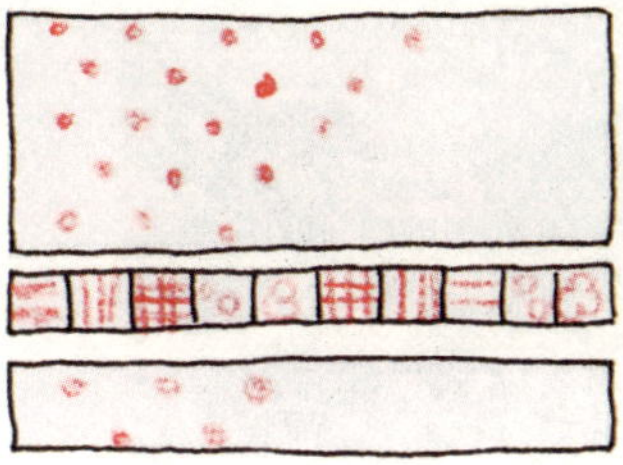

3

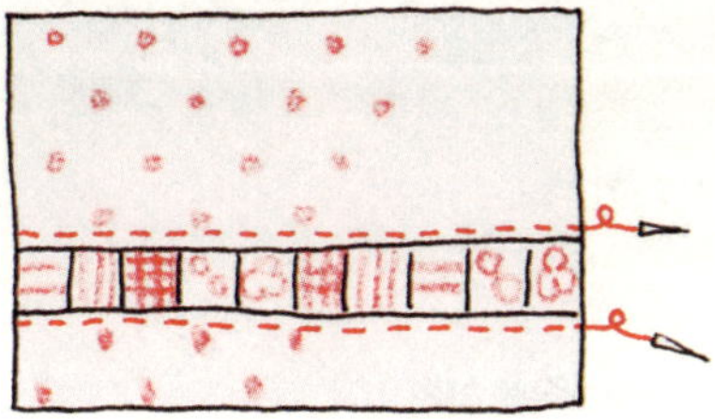

4

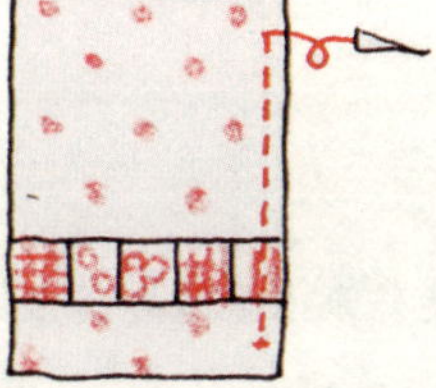

5

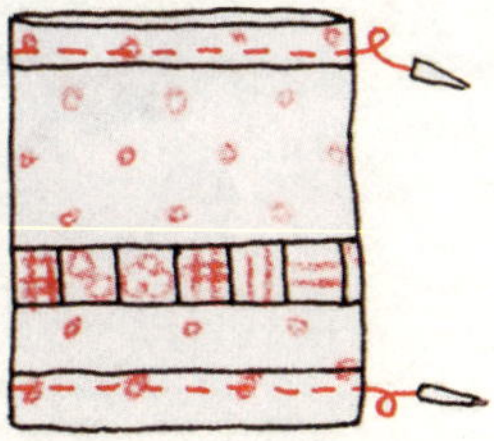

6

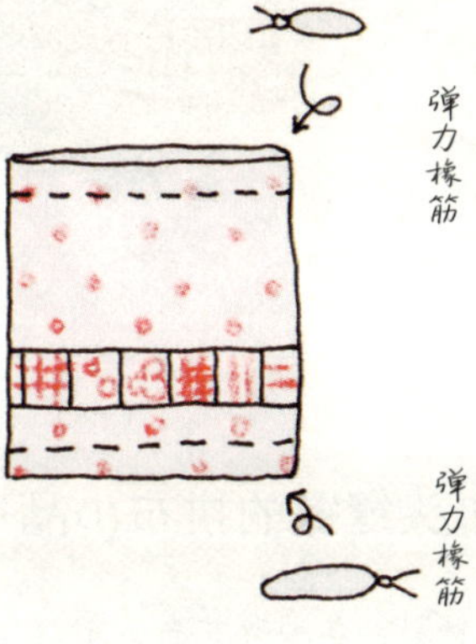

7

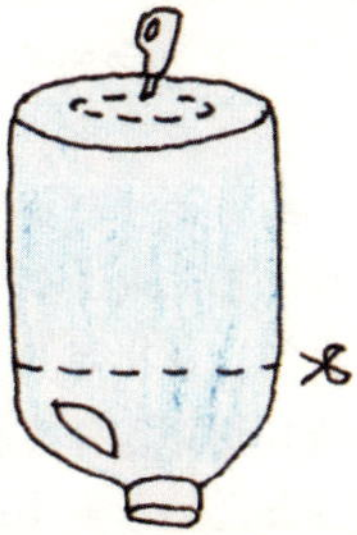

8

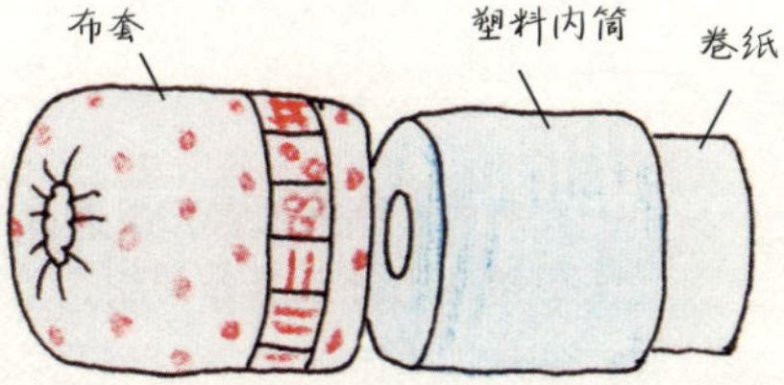

碎布头缝缀的拼布小品——卷纸筒

材料：各种碎花布，塑料桶，剪刀，美工刀，针线。

---

1. 剪出若干正方形的布片。
2. 将布片拼缝成长条。长度应与上下两片布块的长度相符。
3. 将所有的布块拼缝成卷纸筒的主体，并用红色棉线绣出装饰线。
4. 将主体正面相对，沿着边缝成圆筒状。
5. 上下内折，缝出用于穿弹力橡筋的通口。
6. 上下通口均穿入弹力橡筋。
7. 塑料桶剪开，只取下半部。并在底部割出圆形的出纸口。
8. 如图依次套入即可使用。

TIPS：

· 自制的卷纸筒色调花型更易与家居相搭配。

· 因清洁无毒且容易切割，市面常见的手提型家庭装矿泉水很适合用来做塑料内胆。也算是环保了。

为什么那么喜欢熊

朋友们都很喜欢我缝的小熊。

在收到礼物时，她们多半会大叫：“太可爱啦！”

其实都是些碎布头，剪一剪，缝一缝，里面填充了柔软的棉，直到最后——缝上纽扣眼睛，它就真像一只小动物似的有了表情。有的机灵，有的娇憨，有的永远睡不醒，还有的眼泪汪汪总像在哭鼻子的模样（眼泪是用水蓝色的玻璃珠做的）。比起工厂里大规模的流水线熊，手工缝制的小熊似乎更生动也更有个性。因为哪怕是出自同一个人的手，哪怕是用一模一样的裁剪，也很难做出两只一模一样的熊呢。

从选布，配色，到精心裁剪和缝制，个中的感受只有缝熊的人自己最清楚。我已经记不清自己缝了多少只小熊，最开心的就是完成之时吧，直接打电话给熊未来的主人：“嘿，你家的熊可以领养了。”

电话那边传来尖叫和大笑，几乎可以想见电话那头对方正兴奋地搓着手。

“什么时候可以拿到呢？”

“看你咯。”

“那越快越好！”啪嗒，电话已经挂掉了，估计那家伙已经在奔来的路上了。

小温喜欢熊，小欧喜欢熊，薄荷姑娘喜欢熊，我也喜欢熊，可是为什么会那么喜欢熊呢？有人带熊去旅行，有人将熊放在最显眼的地方。

不久前，有个远方的朋友来信说，收到了我寄给她的小熊，她很喜欢。她像个小女孩一样把小布熊放在枕边入睡，这样每天清晨最先看到的就是它从枕头那边传来的问候。

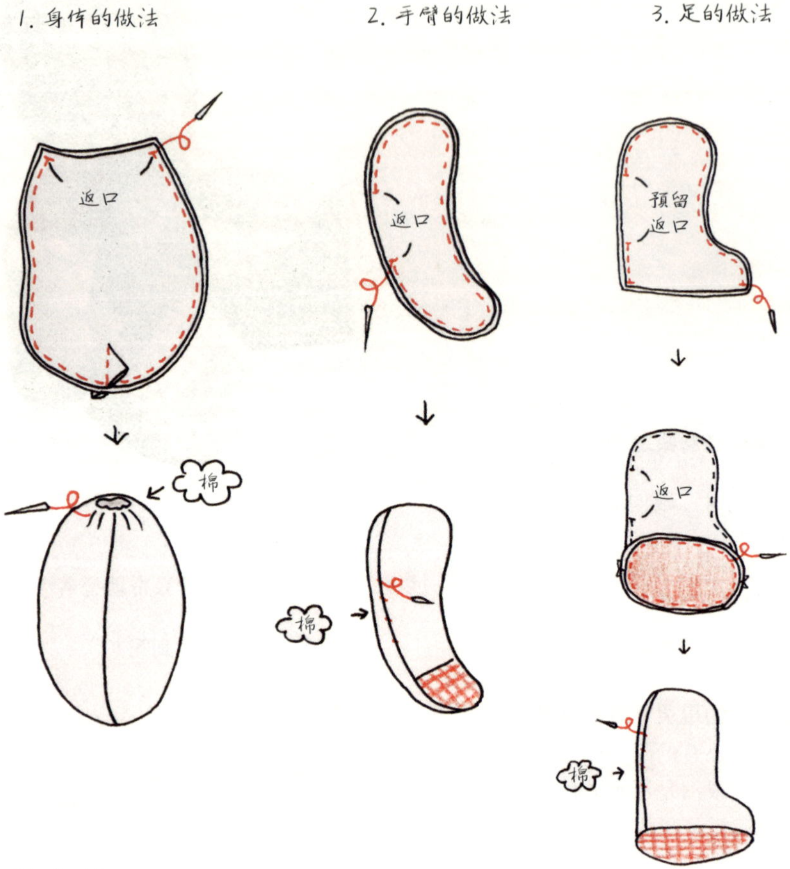

棉布熊

1. 身体的做法：像缝口袋一样，依照纸型在布料上剪出两片身体的形状，正面相对，缝合并留出颈部的返口。从返口到正面，填入棉花，收紧颈部，熊的身体就完成了。

2. 手臂的做法：和缝身体的原理相同，只是在填入棉花之后要用藏针法细心地缝合返口。

3. 足的做法：注意脚底板和脚面的缝合，在缝之前可以用珠针预先固定，这样便不易缝歪。

4. 头部的做法：依照纸型剪出布料，先缝好头侧两片的褶，再将头侧两片与脑门缝合，留出颈部的返口，填充棉花（注意三片的鼻头要对准后再缝）。

5. 耳的做法：前后两片耳朵缝合并翻面，里面填充棉花再收口即可。

6. 拼合身体的方法：耳朵立着缝合固定在头的相应位置。头部与身体的返口相对，

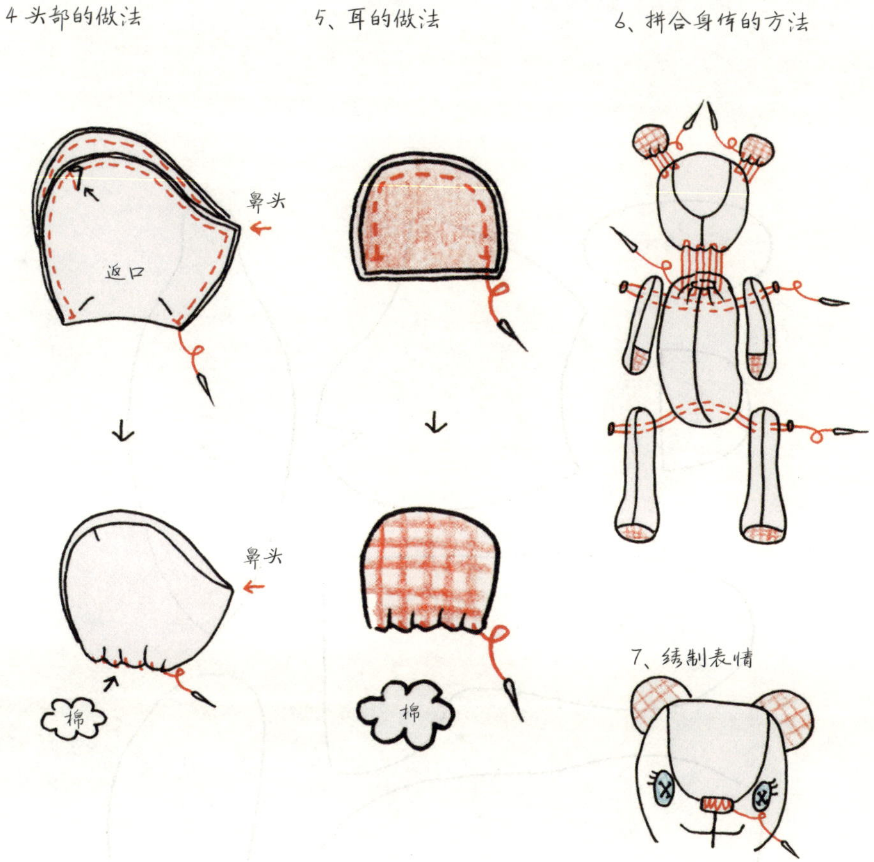

用针线仔细地缝合固定紧。如图用长针和结实的线把熊的手臂和身体连结起来，为便于熊的关节活动以及加固，可以在手臂外面穿上珠子或纽扣。熊足部的安装与手臂相同。

7. 绣制表情：先用珠针为熊眼睛定位，这样便不会将眼睛缝得一高一低。鼻子和嘴巴是熊表情的关键，所以要用粗一些的棉线格外仔细地绣制。鼻部纵向绣或横向绣都是可以的，不妨多加尝试。

TIPS：

· 像手臂、身体、足部、头的两侧等部分，布组都是左右对称的。那么在剪裁片数为偶数时，请将布料对折，两层一起裁剪，这样就不会因为剪出一顺边的布组而无法对应缝制了。

熊的纸型（请根据需要复印放大）

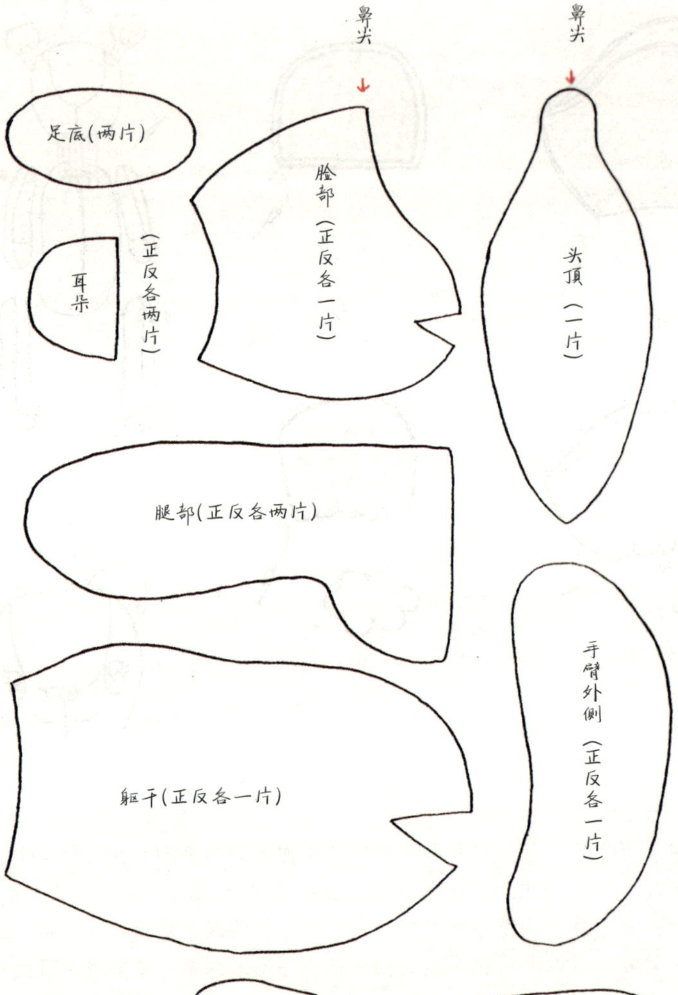

如风有信

风信子开花了。对花器来说，这是一年最美的辰光。

今冬虽寒，风致同往年一样萧条，虽也有零星的雪，虽报纸上流言、坏消息终日接踵而至，但同往年比起来，还是有些不一样。

初入冬时买了三只风信子种球。它们圆滚滚地从邮包里掉出来，倒让我想起了往年。

小时候，家里的风信子都是祖母在养。大约生性喜净，祖母并不爱园艺，总将偌大露台收拾得空荡荡，只有祖父不知打哪儿端来的一盆宝石花自顾自生长着。然而一俟日头踱到冬季，国外的亲戚就寄来装有风信子种球的包裹。虽说并不喜欢接触泥土，但祖母收到那样的礼物，还是会亲自种植。一或两枚种球，被端正种在花盆里，供在案头。

风信子一日日变化。吐出鸭唇一般的叶芽，抛出细长花茎，开一嘟噜繁花。花开至极盛，祖母会嘱我父亲拿相机拍下照片，夹在信里给国外那位亲戚寄去——“你邮来的植物，我好生照看了，如今开出美丽的花，与你共赏”，大略是这样的意思。

> 风信子开花了。
> 对花器来说，这是一年最美的辰光

有次我整理旧箱子，讶异地发现一张风信子的照片，久远而陈旧。照片上风信子开得饱满好看。花盆与家什朴素整洁，显见是祖母生前一贯的风格，令人怀念。但因是黑白相片，无从猜度那株风信子开出的究竟是什么颜色的花。我捏着那张照片，发呆了半晌。上世纪八十年代的事如今回想起来像一部古老而令人感伤的默片。

冬天时，我收到的种球上，店家用贴纸仔细地标上了品种的名字。它们分别叫“国王”“吉普赛女王”和“热”。我装上新泥，将两位王认认真真奉入窗台的花盆。而那枚“热”则单用好看的雨花石与洁净的水养着，做了案头的清供。

平日并未特意去管，偶尔将洗牛奶杯的水拿去浇一下两位王。倒是那株清水养的“热”长得很快——兴许是室温高的原因。春节时眼见抽了花穗，却没有开，不知这性急的“热”是否气我买了一束百合。

1

2

3

4

*

*

坐炉奶茶

材料：搪瓷杯、红茶包、牛奶、糖、盐。

1. 杯中放30ml清水，将搪瓷杯坐在炉火上煮沸。
2. 入红茶包，调为小火，缓缓沸两分钟，使茶汁浓厚。
3. 取出茶包，倒入牛奶，小火煮至将沸（杯沿起小泡）。
4. 加糖或者不加，搅拌均匀。

TIPS:

·我有个小小的秘决——煮好后，在奶茶中放少许盐，一定要非常少哦，少到几乎感觉不到咸味即可。只要添加这么一丁点儿盐，就能让奶茶焕发出更有层次的口感。

·如果想要一杯姜汁奶茶，请在第一步添加几枚姜片一同煮沸。

·泡过奶茶余下的红茶包拿来去手部角质很好。方法是打开用过的茶包，取出花生粒那么大的量的茶叶末，与起泡后的洁手液（或是洁面乳）混合后按摩双手。红茶末不像普通磨砂膏里的粒子那么刺激，你大可以每天用，或是用在膝盖或手肘等其他部位也可以。

·茶包里剩下的茶叶末，请撒在花盆里当肥料吧，花草会很喜欢。

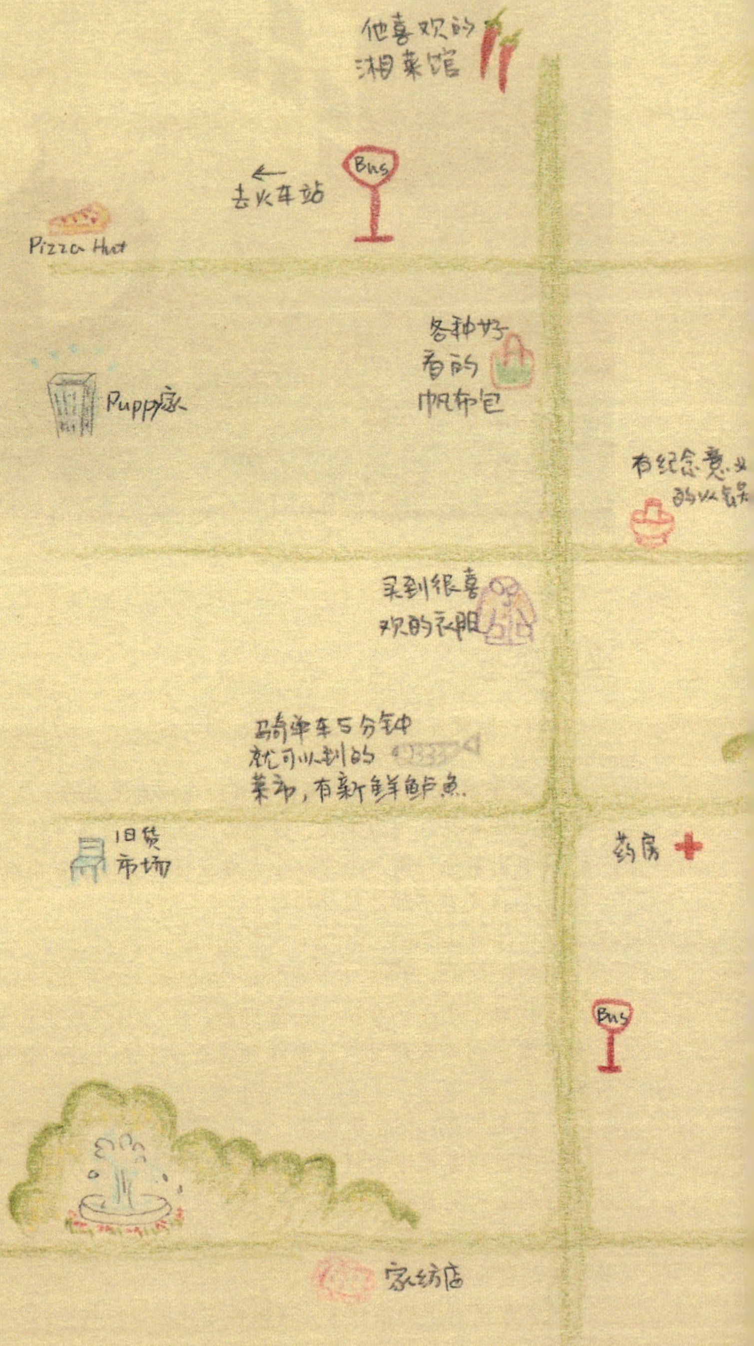

他喜欢的
湘菜馆
Bus
去火车站
Pizza Hut
各种好
看的
帆布包
Puppy家
有纪念意义
买到很喜
欢的衣服
骑单车5分钟
就可以到的
菜市，有新鲜鲈鱼.
旧货
市场
药房
Bus
家纺店

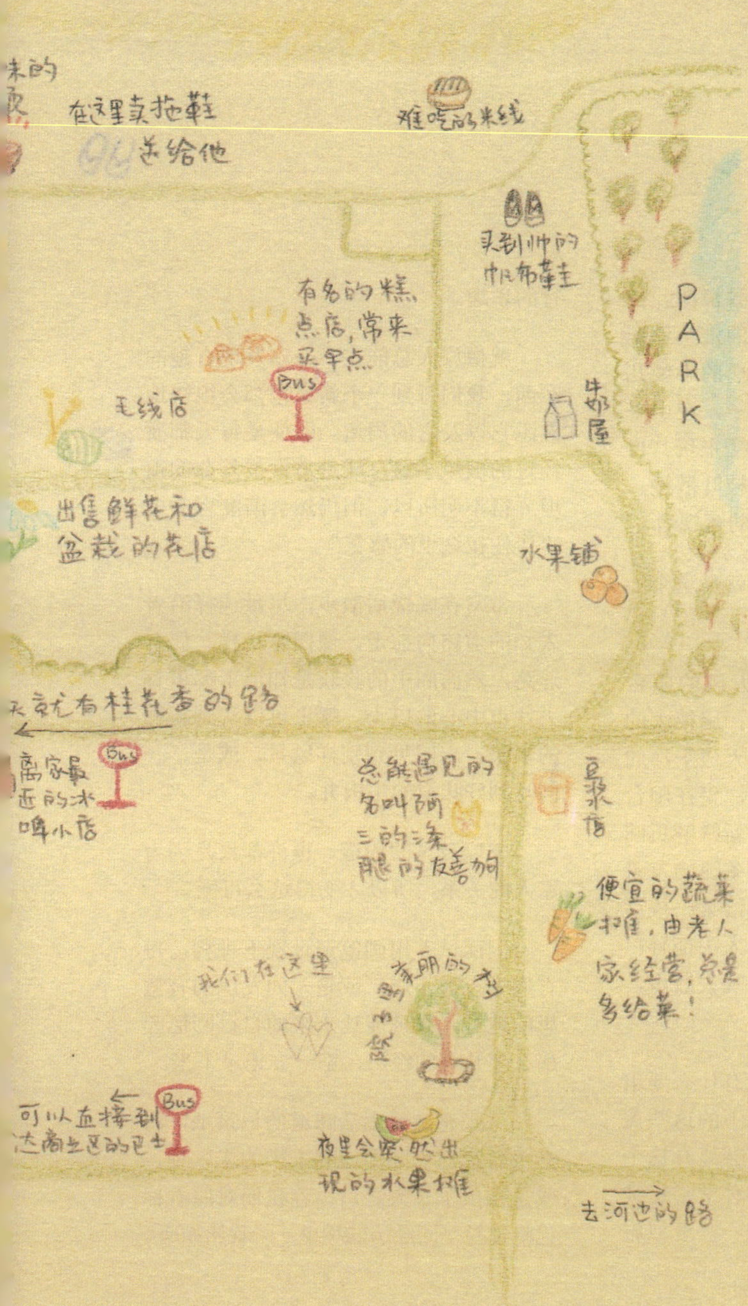
在这里卖拖鞋
送给他
难吃的米线
买到帅的
帆布鞋
有名的糕
点店，常来
买早点
Bus
毛线店
牛奶屋
PARK
出售鲜花和
盆栽的花店
水果铺
就有桂花香的路
Bus
离家最
近的冰
啤小店
总能遇见的
名叫阿
三的漂
亮的友善狗
豆浆店
便宜的蔬菜
摊，由老人
家经营，总是
多给菜！
我们在这里
Bus
可以直接到
达商业区的巴士
夜里会突然出
现的水果摊
去河边的路

像蜗牛一样一起带走

庭院里立着一棵巨大的香樟树。扫地的人将堆着五颜六色拖把的推车停在树下。院子里干净整洁，五楼的小婴儿穿着粉色小肚兜以及白色袜子，在上午日光斜斜的时候被父母抱下楼来玩。再有羽状复叶的合欢，柔软的枝叶散漫，紧贴我窗口，像个漫不经心的窥视者。

我们正生活着的地方，就是这个洁净而安详的庭院。

将洗好的衣服晒在刮大风的阳台上，对面是大片绿色的草坪；用很大的玻璃杯喝花茶，透过窗子看天边干净的云；在日头好的时候晒被子，坐在阳台上晒自己；骑单车去菜市买新鲜鲈鱼回来清蒸；巷口总能遇见的三条腿的友善的狗；卖菜的山东爷爷会多给菜；校后门的麻辣烫；在杂货店给家人买拖鞋；夜间偶然出现的水果摊；傍晚去散步，走着走着就看到了河岸……

对于生活，我真的再没有什么要求了，唯有无论如何都应当留下的这些美好记忆——因为我们不久将会离开这个地方而奔赴另一个处所。这种常常迁徙的生活颇不稳定，却又有着一些近似旅行的乐趣。

就像旅人总能在下一站发现有趣的东西，我们每到一个新家也都会很快地熟悉它以及它的周遭。即便是每天都要经过的破烂小巷，或是常常被复杂的街道弄得不明所以，但仍然会渐渐喜欢上“居住在这里的感觉”。

常常在晚饭后散步，尽量选择沿着未知的道路向前走，像探险一样。偶有迷路，然而间中的收获是知道了哪里有去往市中心的巴士，哪里可以买到新鲜的水果，一同见到别样风景，或是，一同吃到好味道的牛肉丸。

家以及家的周遭，也许都只是因为家人的关系，所以才变得这么可爱。

因而试着用画笔记录现下种种，每有遇见有趣小店，或是一同发现的有意思的地方，举凡能让未来的自己回忆起那么多共有的经历，都一一记录下来。

这张充满着生活味道的记录纸，将会跟着我们一同搬迁到未来的未知地，或是在孩子长大之后，容我们对照着标记将曾经一同经历的趣事一一说给她听。

春分

四季的颜色

世界上的人常常会有各式各样的奇怪嗜好。比如我的朋友薄荷很喜欢云——也许“恋云者”指的就是她那样能够持久对云朵保持热忱的人；又或我朋友小 V 的太太，大概可算得上是“烘焙超人”。我呢，无论住在哪里，家里的瓶瓶罐罐总是特别多，所以常会被家人无奈地称为“容器收藏癖”。

尤爱玻璃瓶，比如小药瓶、果酱瓶、无螺纹口的玻璃瓶、沙拉酱罐子、造型特别的糖果罐，甚或用来装婴儿辅食的小小瓶子。我将用完的玻璃瓶揭去标签，用牙膏仔细刷净，放在水喉下冲洗，湿漉漉的玻璃瓶在阳光下会显出五彩剔透的光亮，好像盛满了日光。

晾干后，用它们来盛装零零碎碎。这些零碎包括——秋天时自家熬制的杏子酱或秋梨膏、炒好后未用完的芝麻、造型奇特的椰壳纽扣、颜色美丽的木珠、针线、碎布头等等。我也爱用形状相同的小果酱瓶盛装料理要用到的香草和香料——薄荷叶、百里香、鼠尾草、迷迭香、干燥后的紫苏和罗勒叶子以及有着金灿灿颜色的橘子皮。它们被我用小玻璃瓶盛了，拧紧盖子，一一整齐地收在橱柜里，像一群乖乖的小朋友穿着不同颜色的衣服，又像是去年的四季寄给今年的信——

去夏，当它们鲜活生长时，我为它们浇水打理；到深秋的时候采摘，晾干，收在这些晶莹的瓶中。每次打开橱柜——“今年，也一定要多种些香草呀……”去年的四季仿佛这样叮嘱着今年的我。

而窗台上的大玻璃罐，盛满了去年秋天时，在阳台上做针线时余下的布头，仿佛盛满了一瓶子秋日阳光似的，那是去年秋天的来信；书柜上的沙拉酱瓶子里收着海边的相片和沙滩上的石子，拿起来晃一晃，瓶子里的沙粒发出细微的“唰唰”声，像是大海的留言。

请不要责怪我舍不得丢东西，不要再嘲笑我有容器收藏癖了吧，其实我收的，都是回忆。

粗糙幸福的来处

在我们临时居所的墙上挂着一幅画儿。

若是我不说,大约旁人很难发现它是一只电脑配件盒。

在第一眼看到这只扁盒子时就很喜欢它，牛皮纸的拙朴质地很适合用来画涂鸦式的绘画，然而又不知道究竟应该画什么好。大约是因为这些天在听一支温暖的曲子，或者今天上午照进屋里的阳光的原因，我才拿出颜料动笔。

先用铅笔勾轮廓，再用黄色与橘色打底，褐色绘出暗处，灰色做出陈旧的效果。黑色勾边，海蓝色强调细节。若说构图，画得有些小了。不过，好在不用太仔细，它只是一笔涂鸦，让空墙变得不太空而已。

正好家里有一席闲置的床垫，把它横着靠在墙边。

将干净的棉布铺在床垫上。

我喜欢厚实的棉布被洗过，拧过，被晒到外头去，被有阳光的风吹过。这些动作之后，布面留下朴实的皱痕，像正说着粗糙幸福的来处。

我在相框里放了一块布，那是朋友寄来的布头中剪下的一小块，拼布风的柔软棉布，印着小鸟花朵与松枝，让人想起某个北欧画家。

右边依次为水培白菜芯与萝卜缨。春天里的植物总有股打不倒的生长劲头，前者已有开花迹象，后者越发葱茏。也许你会说，养菜花有什么好看?

但是我喜欢。不管是野花还是菜花，它们都有各自的香味与小小灿烂。这样就足够了。

瓶中风景

材料：大的广口玻璃瓶、散步时拾到的小树枝、大块的泡沫塑料、干燥花、细碎的彩色石子或是木珠等。

---

1. 将树枝一端削尖，另一端切平，用速干胶将树枝粘在瓶盖的内侧。

2. 将泡沫塑料切成圆球状（直径一定要比瓶口小哦），底部挖出深洞，插入树枝，以速干胶固定。在球的表面涂上胶水，粘上干燥花。

3. 粘贴完成后，会成为一株小小的花树。注意树冠的直径不要超过玻璃瓶。

4. 玻璃瓶内倒入填充物。海边拾来的彩色碎石或是小木珠，只要是细细碎碎又不容易腐坏的东西都可以。

5. 将瓶盖里的树小心地放入玻璃瓶，拧紧瓶盖后，慢慢将瓶子翻转过来。

6. 填充物会落下，形成草地。

TIPS：

·你也可以将树冠切割成圆锥形、椭圆形，或是其他形状。只要瓶子能放得下。

·用瓶壁通透，稍薄一些的玻璃瓶会比较美观。

·树冠粘贴的装饰物除了干燥花以外，还可以使用豆子、谷物、通心粉什么的，只要能粘上去，并且你也觉得美观，就可以。

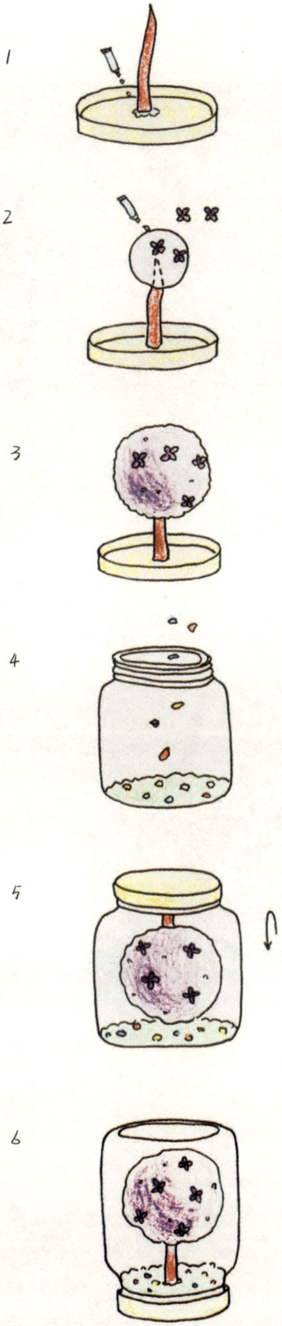

Solace

清明

从种子开始培育香草

若四月播下种子，到五月便可见细小的芽。六月抽苗成长，在春的尾巴尖渐成香草模样。七月可采摘，冲泡香草茶。八月炎夏，收割，晾干，料理时投少量。九月初秋，开出细小花朵。十月结籽，细心采收，留作来年生长。

我为这美好设想而忙碌，从园艺店买来腐熟的培养土。气温适宜时将朋友寄来的香草种子播下。中华香草、猫薄荷、百里香与薰衣草，一粒粒放在手心，都像是风吹过就会瞬间消失似的极其微小。

它们也许会成长为健壮的植物，自行攀附繁衍，在我的阳台上辟出一方野地。就像去年种在洋铁皮饼干罐里的牛至那样，初夏的当儿无法预料地开出许多细碎小花。引来蜜蜂、蝴蝶，或是别的什么小虫，因而整个阳台热闹得像一出歌剧。

对植物的热爱，大约还是继承自我的外婆。她在庭院里种花种果种菜蔬，春日生机勃勃，入夏更为欢畅。凌霄樱桃芍药凤仙，桃子枇杷番茄南瓜。又沿墙根种一畦桔梗，七八月间便次第盛放。桔梗花含苞如僧帽，盛开像星星，又有仿佛清晨天空似的蓝紫色。因而每到桔梗花的盛季，沿着一溜墙根闪烁着星一般的花朵，总叫人想起银河吧。

如今外婆早已不在，祖屋也不知变成了什么模样。也许桔梗仍在，每一季的夏都疯长，正像我每年夏天想念她一样。

1

2

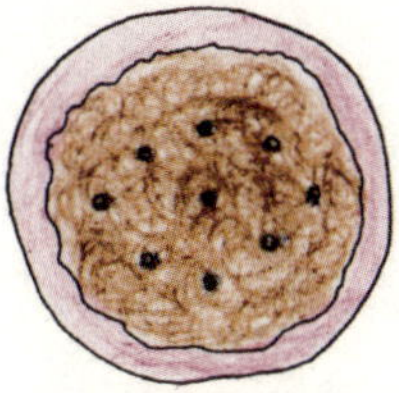

3

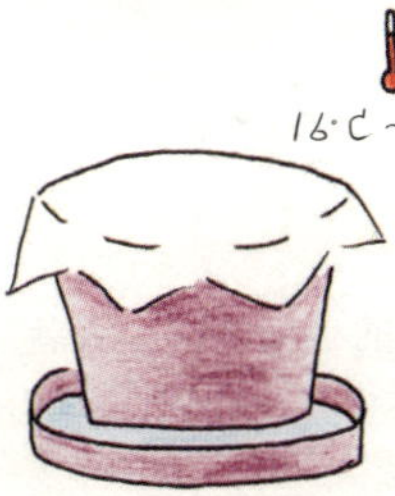

4

5

香草的播种方法

1. 育苗盆填满新的培养土，放在浅碟上。在碟子里注入清水，使土壤通过育苗盆底部的小孔吸收水分。

2. 土壤表面湿润后就可以播种了。注意种子之间不要重叠，相互间隔的距离以种子本身十倍的长度为好。种子进入土壤的深度应该小于种子本身高度的两倍。若是极为细小的种子（例如百里香）可以直接撒播在泥土表面。

3. 育苗盆上覆盖一张湿润的报纸，放在16℃ ~25℃的地方催芽，避免阳光直射。要经常喷水，以保持报纸的湿润。

4. 不久后，会有幼小的细芽钻出土壤。此时注意仍然不要放在阳光直射的地方，浇水的时候水流应缓慢，以避免水流过大冲毁幼苗。

5. 长至五六片叶子时，选择茁壮的幼苗整株移入花盆。

TIPS：

· 请使用花木市场或商店里出售的经过灭菌处理的腐熟土壤，以免在培苗期间发生虫害或霉变。

· 根据植物品种以及气温状况，出芽时间长短不同。通常江淮地区同纬度，3月是播种的最佳季节，出芽率较高。

· 亚热带冬季不明显的地区，可将种子放在冰箱冷藏室保存，模拟冬天的环境之后，再播种。

关于种子

我在去年的秋季缝了那只米白色的口袋，用于存放打算在次年播种的种子，麻布的质地可以让睡眠中的种子持续呼吸，以便在今春苏醒。

不久前与朋友聊天，说着可以试试在家里种绿豆啦之类容易培植的小植物，今天就听说她在家里种的绿豆已经开花了呢。

在我印象里，绿豆的小花很好看，像少女，若是有田野间的风吹过去，就像一大群正表演合唱的小姑娘。想到一小队苗条而清新的绿豆花站在朋友阳台上随着风声唱歌，就觉得这个春天连风都是软的。

而我在自己家的花盆里种了些青豆。与绿豆相比，青豆有很大的个头儿，连生出来的苗都是很茁壮的样子。它们一个个顶着子叶，有力地破土而出，像一只只被放大了的逗号。

除了谷物，或许我还可以试着种植小茴香。厨房的食材柜里就有小茴香的种子，那是从超市上买来的。再或者，用干辣椒肚子里的种子试着种辣椒也是个不错的主意。可别小看这些看起来像昆虫尸体似的不起眼的小东西，但凡有了适宜的温度和湿度，它们就会抽节拔苗，长成超过它体积无数倍的生命体。

各样不同的植物有各样不同的形态与气质，即便同一只花盆里种出的两株波斯菊也可能长成不同的风调。总而言之，从种子开始培育起，将是个惊喜的历程。种植同酝酿、生育、创作一样，因结果未知而不断猜测和憧憬，这大抵就是“造物”的乐趣。

Seed

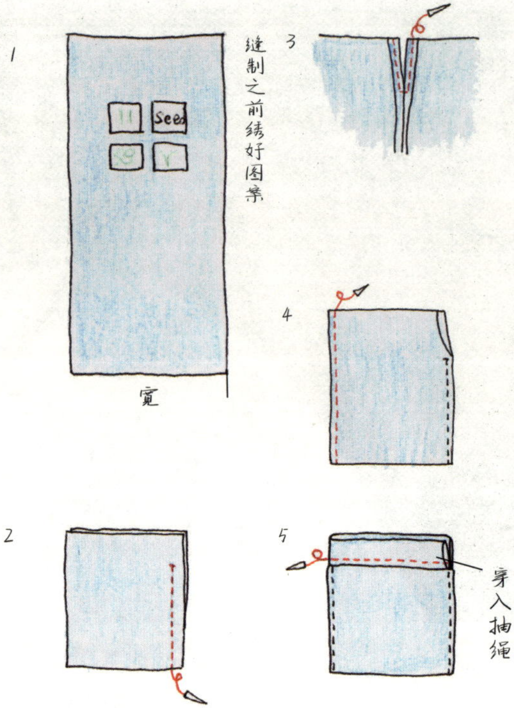

种子袋的缝制

1. 裁剪出长条形的袋身布，它的长度应超过完成后袋子高度的两倍。

2. 正面相对对折，沿线缝合，留出一段不要缝，作为抽绳通口。

3. 留出的通口用针线缝一周加固。

4. 缝合另一边。

5. 袋口翻折，缝合，形成用来穿抽绳的通道。

6. 翻个面，穿入抽绳，袋子就完成了。

布书衣

说起地铁。

我的地铁读物，偏好选择轻薄体积略小的口袋本。阅读趣味是私人的事，在公共场合将书名大喇喇地展示着，无论对自己或是他人都有些失礼。这算不算有些奇怪的小怪癖？为这怪癖，我特意缝制了各种尺寸的棉布书衣。

市面上的书籍尺寸规格繁多，但便携的开本却只有那么几种，因而根据自己的藏书准备几种典型尺寸的书衣，就可以应付大部分的开本。棉布的手感温柔容易清洗，可以防止书籍在包里被弄脏或揉皱，加之前侧的夹条设计，便于根据书的厚薄自由调节书衣宽度，因而相当方便。

我无一例外地在书衣的书脊位置绣上自己的名字借以标识所有者，这一举动被称为“真是有强烈占有欲的人……”。

可做了标记的东西，似乎总不大容易遗失——这是我小小的迷信。

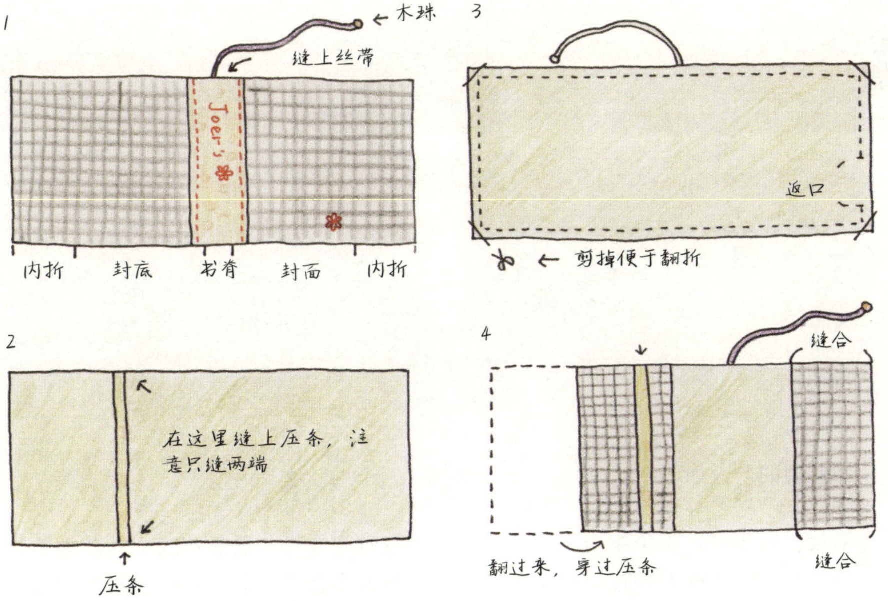

布书衣的制作

材料：用于拼缝表布的碎花布和格子布各少许，素色里布，丝带。

---

1. 书衣的表面由三块布拼缝而成，请根据书本尺寸如图裁剪所需布料。

2. 里布的尺寸与表布相同，在如图位置缝上压条。压条可用长布条缝制，也可以直接使用现成的市售棉质织带或花边。

3. 正面相对缝合表布和里布，注意留出返口。

4. 留出封底的宽度，缝合上下两边。

TIPS：

· 使用时将书的封底套入缝合的一端，再将书的封面套入压条，书衣翻过来包住封面，向内折穿过压条固定（参照第4步）。

· 压条可以使相同开本不同厚度的书籍都能适用同一片书衣。

小念想

我想要的一天如下：

清晨没有闹钟，上午不用工作，这样我就有时间弄点儿薰衣草或小叶茴香的种子来种。种在哪里呢？种在浴缸里吧，这样它们就不会像我们一样抱怨住得太挤。请帮我把浴缸搬到阳台，旁边搭张躺椅。下午阳光暖了就斜靠着打盹儿。香草清新，屋子里很安静，秒针滴答，水喉拧不紧，跟随光阴流逝。

就这样到了黄昏，我去菜市买菜，兜一包植物回来，拌沙拉。晚餐是香菇蒸鸡翅或鱿鱼干烧肉，与蚝油菜心，与别的什么。餐毕你去看电视新闻或是报纸。我工作，在灯下敲敲打打画设计图纸。

当心中有念想，它在我心里就团成了一张皱皱的纸。它五彩，有温度，易失踪，就像我窗外树枝上歇着的绿色绣眼一样，这一秒清晰，下一秒飞得越远越黯淡。

坐在窗前吃草莓，一小粒一小粒。关于我想要的一天——我有念想，有心事，然而不知从何说起。兴许我可下楼种一棵树，骂它哄它抱抱它，将心事尽数说给它听，明年春天它枯死或是生出满树驴耳朵也不一定。

沿着时光一直到达阳春——树叶儿化成满树的小舌头，它们哇啦啦地叫嚷着诉说，将我的念想从头唱起。与今天同样天气的下一个春季，那念想或许仍是一个念想，除了被树叶儿唱歌，终是难以实现的一幅画，一团纸。

而我们，整日碌碌，唯在闲暇时得以念想另一种生活。

香菇蒸鸡翅

材料：干香菇，鸡翅，葱，姜，盐，料酒，生抽。

1.干香菇以冷水泡发，去蒂，较厚的香菇片成薄片。

2.鸡翅以葱姜末儿、盐、料酒、生抽腌渍。

3.香菇片与鸡翅斜叠着码盘，静置半小时。也可前一晚拌好调料入冰箱冷藏，腌渍一夜更入味。

4.蒸锅上汽后，揭去保鲜膜，入锅以中火蒸 15 分钟至断生（如果你选用的鸡翅特别大个儿，请延长蒸制时间）。

那座小镇发生的事

我的出生地是一座古老的小镇，上溯到东汉时的古井，现在还被人使用着。古代的人们沿河而居，繁衍生息。然而如今的人们早已经忘却了，他们将河流抛弃在山脚下，经年累月背对着河流迁移。千百年来镇子的中心移向了平坦而巨大的山谷，山谷当中有一条宽阔而漫长的大路，南北贯通。夏天的时候我曾经站在山顶上俯瞰，镇子是大地上丑陋的伤疤，而大路却光洁美丽，仿佛一道被日光映得雪亮的乳沟。两旁民居依路而建，像吸附着叶脉的蚜虫那样密。

大路的一端是长途汽车站，日日上演着别离。沿着大路一直走下去，走向另一端，听说就是墓地。人们在两种别离当中争吵不休婚丧嫁娶。山脚下那条被人们遗弃的河流，常常在夏天发怒。轰然作响的雨水冲落山上的石块，夹裹着呼啸的风声往下冲积。雨季过后石块停留在河滩里，大大小小，成了蟹子的蜗居。

第一个故事

山腰有一座城隍庙，破得连个屋顶都没有。门窗大敞着，这座庙当然没有僧人，也没有人来祝祷。在我还是个孩子的时候，曾经不知什么原因进入了那座破庙。庙里最大的神像没有了头，另一些则碎裂在地。墙上被人涂抹着语气强势的红色标语，无人将之擦去。好在天光还亮，倒并不觉得可怖。

我径自穿过房子里高高的茅草，一直来到寺庙的后院，在那儿停下了脚步。面前有一堵半残的院墙。斑驳破旧，然而洁白。有人用炭灰以简洁流畅的线条在墙上画了几个舞者。没有面孔，却好像是活的。舒展的肢体凝结着无穷的势能，停留在洁白的破墙之上。当时的我还是个小孩，却为这景象所震慑。我不敢走近，怕呼吸惊扰了它们，要活过来飞走。

那么好，画得那么好。我在心里喃喃重复着。

黄昏的夕照将我的影子渐渐拉长，就在影子快碰到破墙之前，我离开了那儿。

后来我没有再去，兴许是雨季又开始了，去往破庙的山道变得危险而被大人禁足，又或因为别的什么。但我小心翼翼地保有这个秘密。

多年以后我再一次回到小镇。夏天的夜晚我向外婆提起这事，问那是谁画的。外婆说没听过有这个，她拿蒲扇轻轻拍我，嘱我快点睡。我在黑暗中睁着眼睛，想要等天亮再去瞧那墙上的画。此刻我已经长成了少年，次日戴着一顶遮阳帽上了山。破庙已经不存在了，取而代之的是一座崭新的小庙。理所当然地，我找不到那堵破墙，就连它大约的位置也记不清。

如今，虽然我仍偶尔会想起儿时在破庙里遇见的动人心魄的黄昏，却不得不渐渐将之视为一场梦境。

前年的清明节，我带着女儿回到那座小镇。熟识的人都已经离开——年老的作古，年轻的搬去了新城区居住。城隍庙历经多年的扩建，已然成了山脚下的庞然大物，里头挤满了祝祷的人群，令人惊奇。

第二个故事

第二个故事很短，是有一年清明节我回到小镇，从别人那里听来的。

镇头有一户人家，男主人是做苦力的，女主人在家带孩子，平素也拧些麻绳挣工分。他们家里曾经住过一个城里来的美术老师。

老师是中年人，话很少，除了上工平素不大出门。没见他往外寄过信，也没有人来探望他。他批斗时被人砍去四根手指头，变得有些疯痴，常在街上转悠，爬垃圾堆，总在垃圾里翻找什么——也许是他的手指。有一日，他拿了一段女主人拧的麻绳，把自己吊在了山头的松树上。

给我说这个故事的人讲，这是好早好早以前的事。

［旧友来访，对谈以茶佐。］

谷雨

四月风物诸

小花

清晨六点，走出院子，走到空空的街上。没有车也没有人，只有树，只有电线杆，只有鸟鸣。空气还不错，清凉的，混着植物味儿。

慢跑，深呼吸，前方终于出现一只狗，土狗。我嘬着舌头唤它，它不理我。没准儿嘬舌头只适合唤禽类，或我家那只土狗。

残垣上密密生着爬山虎，碧绿一片，像一床被子。

墙根支楞着野生的一年蓬，太阳未曾露面，花瓣儿都还合着。

然而下午买菜回来的路上，看见路边一枝小花躺在地上被太阳晒着，软塌塌的。大概是哪个调皮孩子摘了玩儿，又丢弃了。

我把它捡了回来，养在水杯里。一直到傍晚，头还垂着。

野菜

在四月的春光里，骑车去琵琶湖采风。最惬意的就是在阳光下的油菜花丛中走来走去，阳光的金色被油菜花尽数反射，花丛里的人就像是被溶化在了油脂里。

学人家拔野菜。湖边有许多野蒜生在野豌豆与油菜之间，细身条儿，根球状。土若是松散的话可以连根拔起。去年母亲从菜市买到过这种野生植物，剁成寸长以盐渍佐白粥，极美味。沿湖的明城墙下有很多，我埋着头一路拔过去，像童话中因为拾糖果而在森林里迷路的小孩子。

拔了满满一小袋，约有斤余。提在手上走路，别的姑娘行过留下香水味，只有我走过去了，单留下一股子蒜头味。

原来挖野菜如此有趣。嗯，它适宜于一切爱春天、爱劳动、爱泥巴、爱吃的人。

树林剧场

昨日一阵大风，香樟纷纷掉毛儿。园丁拿着扫帚划拉几回，就能在树底撮上一大堆陈叶子。当然，也有叶子特别长命的，多大风都没吹落。

非得这个季节的大风过后，香樟树的嫩绿色才能显出来。所以这季节的香樟特别多彩，嫩绿的、青绿的，还会有某株死命扯着棕红色陈叶子不肯撒手的念旧情结严重的香樟。

忧伤的青绿色香樟皱着眉头手抚胸口：天这么这么蓝，像得了肺炎；我的心如此如此潮湿，拧也拧不干……

快乐的嫩绿香樟提着裙子叫嚷：你看你看我脚上被狗狗弄湿了！

正打着瞌睡的浅棕色老古板香樟托着腮帮子：Zzzzz……Zzz……吧嗒吧嗒（吸溜口水）。

想到这儿，整个广场上的植物好像都闹腾起来了，七嘴八舌地说着自己的事。

泡桐的声音最响，她正开着浅紫色的花，像一串串洪亮的铃铛；

胡桃树还没发芽，仍将去年的果子挂在头上，说起话来磕磕巴巴；

槐树正哼哼，因为她被风儿挠得痒，随着笑声，长出嫩绿的芽儿；

草们，早就醒啦，一个劲儿地饮着水，发出咕噜咕噜的声音。

这个春天，真是热闹呵。

可是我还来不及一一细听，巴士就走远了。

[在植物园曾遇见工人从一大丛虎尾兰深处采到看起来很美味的蘑菇。]

菌菇火锅

爱菌菇，以春季为甚。

每一场大雨过后，林子里的树根下就冒出许多朴素的小伞。沾着露珠，像是很娇软的样子，被同去的狗踏过，它便以醺然的姿态伏倒在草泥里。

而爱上菌菇火锅，完全是因为简单好做的缘故。只消提前煮好高汤，买上种种大家都喜欢的菌菇与时蔬，一样一样放在流水里清洗干净。另一厢，鸡翅切块，肉丸子汆水。此时可以嘱家人打电话了，邀三五朋友来。

等客人们到，桌中央一炉菌菇火锅已煮得暖暖。菌菇与时蔬，带着树林的清甜香味飘在四月的今天。

幽灵说

傍晚时搂着迷迭香去楼下换土，顺便找老邻居鸟公公讨个大盆。说起鸟公公，我一直不知他姓什么，大概只因为喜欢养鸟而被人这样叫。

鸟公公养着几只鸟，其中一只八哥十分机灵。白日里且听它高歌，到了傍晚还要以清水洗澡。所谓洗澡无非水盆里自个儿打滚，好似泼皮狗般爽快地嘎嘎叫。浴毕独自散一会儿步，背着手（翅膀）挺胸自花圃这头踱到那头，好似观中活神仙。此刻主人变作仆人，为它打扫鸟舍，食钵里添上清水。一切安顿好，它恰恰背着手回来，半眯着眼睛，大略是“跪安吧爱卿”的派头。

我与这只鸟的过节，说来挺让人难为情的。

一天清晨，我下楼取牛奶，路过鸟公公家门前，见到公公家花园里的栀子花开了几朵，正想过去瞅一瞅。忽听有人敲铁皮门。可门外，除我并没有别人。砰砰砰，敲门声再度响起。我吓了一跳，心说不会是鬼打门吧？一时寒毛耸立，我哆哆嗦嗦躲在一棵树后，观察半晌才发现是笼中那扁毛小东西学出惟妙惟肖的敲铁皮门的声音来。倒学得真像，以致让人不疑有他。

你们能想象一个傻乎乎的家伙缩在一株不及人高的小树后头心惊胆战东张西望的样子吗？我从未如此獐头鼠目过……

与鸟公公说起这事，他哈哈大笑，给我在盆底铺了一大堆鸟大便，说就当替鸟给你赔礼啦。

鸟大便是上好的肥料。鸟公公在墙角搁了只破水槽盛鸟粪，平日盖着木板，日久便沤出一等一的好堆肥。听说我要给迷迭香换盆，鸟公公除了鸟大便之外还送我一口乌青的泥盆，又深又高，叫我一下想起了包拯断的泥盆案——案发苦主肉身与泥混合搅拌烧成盆钵，魂魄便附着在泥盆上，成为善哭的灵。

“我的泥盆不会有幽灵。”曾被鸟惊吓过的我在内心安慰着自己，将盛满了鸟大便的泥盆捧回了家。

在深夜，刚移过盆的迷迭香乖乖地蹲在露台上。当我走到露台透透气的时候，苍白月光下，我看见泥盆中慢慢地、慢慢地、慢慢地伸出了一根手指。此刻我浑身的毛孔都被冻结，喉咙被堵住，后来我终究未能发出那声凄厉的惨叫，因为我发现那根手指是一条寄居在鸟大便里的蚯蚓。

也许世界上真的没有幽灵，一切的幽灵都幻化于我们的内心。

「这一季能买到成熟的新鲜草莓，切开的草莓与燕麦牛奶一起会很美味。」

蔷薇季

我遇见了野蔷薇。野蔷薇是种爬藤灌木，花开五瓣。

工作日的中午出门觅食，我走在浓稠的日光下眯虚着眼睛。一堵开满野蔷薇的围墙迎面而来。野蔷薇使围墙仿似少女，使阳光得以融化而春日保有甜美。它们拥挤喧嚷，每一朵都开得没心没肺。

现下的天气已经很暖了，无须着毛衣，穿长袖衫子也觉得热了。放学的女学生把衣袖捋起来，少女的胳膊格外光洁凝润。这是极为养眼的光景，亚洲女孩最为动人的就是这些藕节儿似的手肘了。不远处的树荫下，有农人挑着担子，兜售紫黑色的桑椹。此刻我很想折回去，买一些桑椹，接着走向湖边。我并非想提着一袋桑椹投湖自尽，我只是不想上班、不想接电话、不想写工作报告……而已。我想仰卧在湖畔的野草地里，枕着胳膊看看湖面上飞过的水鸟，吃桑椹吃到醉，吃得嘴唇黑紫状如死尸，在野草丛里好好睡一觉。

也许到了下午，同事们才会发现失踪的我。当他们在湖边找到我，我早已仙去，野草丛中徒留一人形痕迹。我的肉身沿着另一条路返回红尘，回到写字楼上班、接电话、写工作报告。

这就是我每年都会在向往与纠结中度过的蔷薇季。一到这季节，内心亲近自然的费洛蒙即被野蔷薇唤醒。每年都想在蔷薇开得最美时去郊游、爬山，摘取山间的野花，却总是没时间。

“没时间”是现代人的病。在这现实之下，野蔷薇开得那么美，却又令人叹息。我终于还是走过了开满野蔷薇的围墙去吃午饭，而没有去湖边。有时你走着一条路，心里想走的却是另一条，人生好像就是这么回事。

餐毕回到办公室，我从抽屉深处找出野蔷薇束发圈，低下头用它束起了头发。这发圈还是往年得闲时缝的小玩意儿。它空有其表，没有芳香。不过是二钱薄棉与粉嫩碎花布，外加一根细橡皮筋。

缝的时候尚为深冬，那不是野蔷薇盛开的季节。我曾一边缝着，一边心心念念想着等到了五月，一定不要再浪费那野蔷薇季。

1

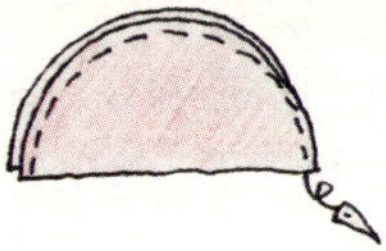

2

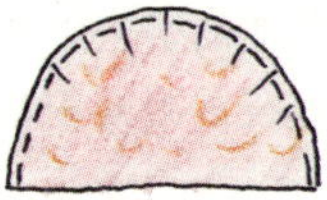

3

4

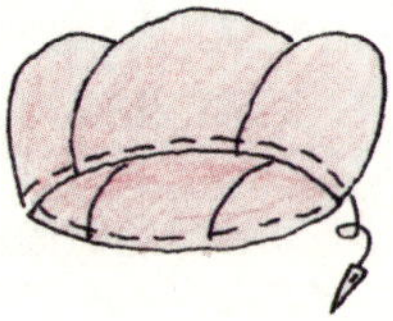

5

6

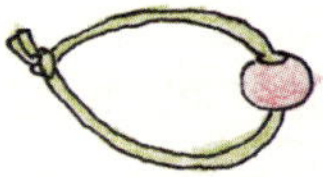

7

8

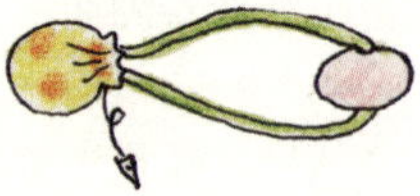

野蔷薇束发圈

9

10

11

1.粉色花布剪出圆形，再对半剪成两个平均大小的半圆形。将花布正面相对，像捏饺子一样，沿着半圆的弧形缝合。

2.从底部的开口将花瓣翻到正面，沿着花瓣弧形再稀疏地缝一道虚线。将虚线略微扯紧，可以使花瓣呈现出碗形。按照这样的方法连续做五片。

3.如图将五片花瓣依次重合，虚线位置缝合。

4.最初一片和最末一片也同样重叠，缝合底部，成为环形。

5.收紧底部的线，出现花的形状。

6.弹力橡筋穿过小木珠，另一端打结，备用。

7.剪一小片圆形的黄色花布，沿着圆形的边缝一圈虚线。内部填充棉花。

8.如图嵌入弹力橡筋有结的那一端，收紧线，使之成为一个棉布球，紧紧包住橡筋的一端。

9.绿色花布剪出长条形，两端连接缝合成环状。

10.一侧缝出虚线，如图套在花朵底部，收紧线，形成花萼。

11.用针线固定花萼，整理花的形状。

立夏

鼠舞蹈与野蔷薇

窗外亮茫茫的，可我找不到月亮。虫子滴溜溜地叫，墙头上跑来跑去的可能是老鼠，或者家猫。

还是深夜三点呢，唤狗起来陪我玩，可它睡得像死了一样。最终陪我的是某只鼠，它或许正在字纸篓里钻来钻去发出簌簌声响。周遭宁静，那声音格外响亮。

“哗嗒……哗咯咯……”纸团儿齐齐滚动，上演听不懂的广播剧。窗外的风跟着夜色透进来，又溜走，留我一人坐在床边对着字纸篓发呆。

鼠开始舞蹈了吧。“啪嗒……啪嗒……”纸团儿为鼠喊着号子，鼠在字纸篓的边沿奔跑，如同与猫在墙头奔跑一样，手掌在空中亮出花瓣的形状。

整个下半夜，这只桃红色的鼠啊它在夜色里打滚，在明晃晃如许多月亮似的纸团儿里折腾，跳着只有它自己懂的舞蹈。

清晨母亲从菜市带回一束野蔷薇，亮亮的黄与酽酽的红。她将它们放在我的床边。花儿非常香，将我的梦境也染成了同样的味道。

醒来后，望着安然无恙的字纸篓——有阳光，则没有鼠，没有墙头上花瓣儿形状的手印，没有月亮般皎洁的纸团儿。昨夜的鼠舞蹈如同梦境一般隐去。

塌着惺忪的长发去水喉下剪枝、插花。窗外吹来初夏的味道，湿润的满含着草木香气。这一天是怎样的一个开端，绵长等待的最后一站，就快看见夏天啦。

[这季能遇到嫩毛豆米子，炒下饭小菜很好。肉丝用糖盐姜末料酒腌上，下锅前以地瓜粉抓拌。榨菜切丝、红椒切丁、蒜头拍碎、毛豆米剥好。热油炒临出锅喷点烧酒，可以了。]

BAS
SAUCE WITH BASIL

蛋形蜡烛

材料：蜡烛，蛋，锅和加热蜡的小容器，胶卷盒，干燥花，衣夹和胶带，剪刀和锥子。

---

1. 将蜡烛隔水加温，使之融化成液态，捞出烛芯备用。

2. 鸡蛋的大头处用剪刀的尖端剪出直径约 1.5 厘米的洞；小头处用锥子小心地钻一个可以通过烛芯的孔。

3. 倒出蛋液，并清理干净。

4. 如图穿过烛芯，用胶囊固定穿出来的烛芯，并封住小孔。

5. 为便于固定，可以在蛋下放置一只胶卷盒或瓶盖。将干燥花的碎屑以及液态蜡注入蛋壳。

6. 用衣夹来固定烛芯，不让它歪倒。

7. 待液态蜡冷却凝固后，敲碎蛋壳，剪去尾部多余的烛芯。

这个春天是错乱的春天

多年前有个小姑娘。她偷读老爸从图书馆借回来的小说，迷上了森村诚一的推理作品。事实证明，儿童期阅读带来的影响如此深远——长大后，她成为了一个喜欢埋藏尸体的人。她在花盆里埋过龙虾被肢解的足部、鱼惨死的内脏、几只蚊子的全尸。平时没有尸体可埋，她就埋剪下的指甲过过干瘾。其实，只是想要一盆艳丽的花朵吧？她不过是想看看森村诚一在书里描写的那种没有叶子，艳丽如晚霞只能在埋着尸体的泥土里生长的小花。

活的东西她也埋过。“可以顺便松松土嘛！”她埋了几条蚯蚓。隔几日的夜晚，花盆里伸出灰白的僵尸手指，细看才发现是夜晚散步的蚯蚓君。

现在她长大了，成为了如今的我。喜欢埋藏尸体的少年在人生中渐渐淡去，却留下魔障，演化成“播种前一定要埋点儿什么”的执念。今春，我埋了一条被闺女喂得太饱而撑毙的小金鱼。埋尸的时候闺女在一边兴奋地观看了整个仪式，真是后继有人。

看来我不用愁埋了……

说到种植，清明时，表嫂给我一小包菜种子。回家后，我特意从花鸟市场扛来培养土，在窗台辟了方小小菜园。播种一周后，泥土里总算出现了……肉眼可见的生物。

“你好哇，真菌界鬼伞科褶皱鬼伞小姐。”在翻阅了厚厚的蘑菇图鉴之后，我小心翼翼地问候。

她携着比她更小的一群妹妹，在春风里不语。像是把所有力气都用在了生长上，第二天我在小菜园里遇见了她们庞然的家族。

“呃……上星期播的究竟是什么？”虽然确信自己播的是韭菜种子而

不是蘑菇孢子，但眼前的事实难免让人错乱，我只好一遍又一遍回忆自己播种时的情形。

“没错啊，明明是圆圆的像小球一样的种子……”

“难道土有问题？”想到这儿，顺便回忆一下卖我大丰牌高级培养土的那位大叔。

“放心啦，不是吹牛皮，整个城就我家土最好！”他在凉棚下哇啦哇啦地叫着，往我的袋子里拼命塞了五大包本城最好的土。

还真是没吹……我望着鬼伞小姐的倩影悲喜交加。大叔您是送孢子观音还是送蘑菇的菩萨呢？！——虽说认识了鬼伞小姐很让人高兴。

心中忽然生出纠结——该怎么办才好？种子发芽需要阳光，可鬼伞小姐像吸血鬼一样见光死。我喜欢菜，然而也喜欢鬼伞小姐……真是让人讨嫌的抉择。我只好……把这艰难的决定权交给了天气。次日，连日的阴雨结束了，鬼伞小姐们也随之消失。就像从未出现过一般，她们将自己的身躯消弭在泥土里。而我更愿意相信的是——她们留下了更多的孢子，等候着下一场雨季。

嘿，鬼伞小姐，我们总会再见面的，对吧？

韭菜种子在鬼伞小姐造访过之后，并没有长出韭菜形状的小苗。我等了很久，每天去看，直到一群锯齿圆叶的家伙冒出了脑袋。

哈！这个……让人说什么好呢？

也许在热爱埋尸的神婆埋下那条金鱼之时，或自鬼伞小姐造访开始，某种神奇的力量被开启，周遭的一切进入了错乱步调。如今我的小菜园生机勃勃，一些“芫荽形状的韭菜”正悄然生长。它们与我从朋友家讨来的“番茄树形状的罗勒”和“罗勒形状的九层塔”一同，在错乱的春天里哇啦哇啦地叫着，自顾自地搅成一团……

这个春天是错乱的春天。想必在春天结束之前，错乱是不会结束的对吗？可今日立夏。错乱会因为夏天的到来而停止吗？

事实上我还蛮期盼这错乱能够继续下去。

「在花鸟市场遇见一枚碎瓷片。山川河流，田舍垂柳。虽是极尽微小，却历历在目。不若钻进瓷片里游乐一番？」

小满

巧克力是神的食物

阳光明媚。含一颗巧克力，缝一床小棉被。忘记在哪儿看到——“巧克力是神的食物”。神，一定是个超级无敌的胖子。搞不好科学家日日夜夜勤勉观测的天空只是其半张屁股，星星是粗大毛孔。

我国之友好邻邦出产某种巧克力，包装无非是极普通的锡纸，然而可可纯度高，食之颇苦，提神得很。若晚上开夜工的话，咖啡烈，伤神，我就拿这顶事。因不识那一国的鬼画符文字，所以一直不晓得是什么牌子，只记对了味道以及包装图形，下回按图索骥。遇到了则囤上一大堆，家中存货足堪以贩养吸。

电视里播着一件古董——古代的欧洲人没有见过棉花的植株，他们以为棉花树是一棵巨大的树，枝头沉甸甸地坠着许多小绵羊。这个故事是手帕讲的——欧洲古人把开满绵羊花的棉花树印在棉质手帕上。

看到那方天真的古董手帕，忍不住要笑出声来——蒙昧时期的人们与幼童一样有着美丽的思想。事实上，在更久远的时候，中国历史上也曾经有过一个分外迷人的时代。那时代出产了许多哲人，并且在精神文明完成第一个飞跃的同时，也出产了不少可爱的傻人。比如掩耳盗铃、一叶障目、邯郸学步、买椟还珠等等令人看来傻兮兮的小故事都发生在那个时代。

若以宇宙洪荒为起源，那时代不过是漫长河流中的一枚微小石子，却因思想的震动激荡水波，它被人们拾起来，被写进书里，被称为“轴心时代”。轴心时代的人们又轴又天真，他们相信神。若说轴心时代相当于人类的童年，奈何一个人随着年龄增长，梦想便不复轻盈，至我们所生活的当下，已是垂垂老矣。

时间流淌之处，世界迥然不同，唯有那方古董的棉布手帕还是老样子。就连世界上所有的棉布也和古董手帕一样，都还是老样子——柔软，丰厚，温暖。我手中的棉花也是。

[这一季能买到非常新鲜的樱

脚踏车给的理由

我仍然骑车去上班，在清晨微温的风里穿过街巷。

这季节，香樟花跟随，梧桐花作祟。要戴很大的墨镜，才够抵挡梧桐花的入侵。东城水岸的旧城墙那边，路旁会有小朵小朵盛开着的粉色蔷薇，空气像灌满浆的谷子一样欢畅。

若不直走也好。自逸仙桥左转，过西华门，渐渐行到午朝门。那儿植物气息丰厚，混合老宅子的气味与杂沓，成为无形的某物。某物不语，是寂静的神仙，我感觉得到他的凉——是行过去了，却又给人留下些温暖的那种凉。

爱骑脚踏车，光这些理由够不够？

当你乘坐的鱼罐头公交车被堵在十字路口，我正骑着脚踏车经过农场巷。农场巷清静，两侧红砖围墙。围墙里生长着大棵的水杉与桑，灰喜鹊很多，在枝头上结党。这条巷曲折而漫长，与喉咙一般有吞咽声音的法力，故而每回在巷子里穿行，总觉得周围一切的声音都变得微小。

在这儿，我遇到过从天而降的小碗。——那是春末时广玉兰落下的花瓣。无一例外每一片都是碗口朝上，时而落了雨就蓄上水。隔日再去瞧，渐渐腐烂。

在这儿，我还遇见过死去的幼鸟。深春的时候，约摸窝里落下的，或者被猫衔来的，脖颈弯成奇怪的样子，嘴巴大张着，仿佛仍想叫喊。

我见到过落了满地的桑椹，行人踏过，大地就好像变得更加残破。

而在深夜，我曾遇见一种气味——青草与浓碱混合之味，从围墙内侧跃然而出，横亘在我前头。我没有闻过皂角的味道，可这时我想起了皂角。若它也如同这气味一般放肆，世界上所有的肥皂都可以不存在了。

我每天都经过这个巷道，它是我往返人世与内心的唯一路径。在许多年以后，它也许会与单车链条发出的嗒嗒声响一同成为我有关长夏最清静的回忆。

雨水以及有关雨水

五月的今天，雨水是冲刷而下的，且是一瞬间发生的事。

方才那样明晃晃的太阳光洒在阳台上，方才我还满怀期望地洗干净牛仔裤、浴巾、睡裙，统统挂在阳台上摆出晾干的姿势，像彩色的旗。

然而雨水就那样毫无预兆地不期而至，像一场热带的对流雨。远远近近的树木被冲刷得盈绿丰润，鸟的翅膀被打湿，躲在对面楼的走廊里向外张望灰色天际。

院子里种了些四季常绿的乔木，比如珊瑚树、香樟以及女贞。珊瑚树总像个沉默的中年人，他坐在楼房的边沿，壮实且腆着肚皮，总爱打瞌睡。而香樟是清新女子，叶片娇俏温柔，有疏淡香味。每年的初夏雨季来临之前，沿街总会飘着香樟花细细碎碎的香气，等到某场浑厚的夏季雨水冲刷过后，那些香气就更加清冽。若正雨时，撑着伞经过树下，新生儿似的香樟花跟着大滴的雨水噼噼啪啪地落在伞面上，花香连同初夏树木的味道混合着雨水的凉湿气一直钻到人心里。

雨水里最美的恐怕还是女贞树，每一片叶子都被冲刷得碧绿，闪着光像薄荷糖。小时候我总喜欢摘女贞树的叶子或是小果实，把它们揉碎了放在鼻子底下用力地闻——有很浓的青苹果味儿，所以儿时的我总在挣扎着要不要吃它。

说到果实，旧宅子那里有一棵树，我一直不晓得它的种属。夏天它会落许多绿豆大的果实，在地上密密地铺一层，像灰姑娘的夜功课。

这些果实虽然都是些小个子，但我猜它们肚子里都胀满了气，除此之外它们还有倔强的壳。因为我曾骑着车路过那棵树下，听到地面传来许多噼噼啪啪清脆极了的爆裂声——被单车轮胎压裂了果壳的声响，有时听起来像吵架，有时听起来像唱歌。

有天路过那棵树，已经是傍晚之后，天灰蒙蒙的。我穿着球鞋在树下走来走去，那些果实就咧开嘴噼噼啪啪跟我说，你的脚真大。

连绵的雨水总归是植物最友好的朋友，而对于童年时孤僻的小孩来说，植物才是最亲密的伙伴。

杏子果酱

1

材料：熟杏 1000g，砂糖（或麦芽糖）400g，柠檬 1 只，煮沸消毒过的可密封罐头玻璃瓶。

2

1. 用刨皮器将柠檬的黄色外皮刨成碎末，注意不要混入果皮的白色部分，以免口感苦涩。

2. 杏子去核、不要削皮，置入大碗中，与糖、柠檬皮碎末、半只柠檬的汁混合，冷藏静置约 1–2 小时，等待果肉浸出汁液。

3. 浸出的果汁与果肉放在锅里以小火慢慢熬煮，并用长柄木勺持续搅拌。果肉渐渐融化，果酱汁液愈发稠厚，表面出现沸腾的小泡，此时要小心别被沸腾滚烫的果汁烫伤。

4. 煮好的果酱倒入煮沸消毒过的玻璃瓶中，酱汁高度留距瓶口约 5 毫米的空隙。趁热密封并倒置瓶体，使瓶内出现高温真空，以便杀死瓶内残余细菌，借以获得较长的保质期。

3

几点叮咛：

· 柔软的熟杏拥有更为甜蜜的芳香，质地柔软易出汁，是用来做果酱的最好选择。

· 杏子果皮与柠檬皮均含有大量果胶，能够促成酱体稠厚凝固，也能为果酱增加香味。

· 果实含水量不同，所需要熬煮的时间也不同，本配方因而未标示熬煮时间，请根据实际操作时以及您所期望的稠度进行控制。

· 可将杏子更换为其他果实，如芒果、菠萝、苹果、山楂、西番莲等等都是制作美味果酱的好食材。

4

来自职业甜点师的小 Tips：

· 如有烹饪用温度计，可在熬煮时放入液面。103 摄氏度为熬煮果酱的“终点温度”，达到这一温度时需要调小火力。若稠度满意，可直接关火灌装。

夏天的海

我把自己晒成小麦色，从江南流窜到厦门。

用流窜这个词真是贴切，背着旅行包包四处走，看沿途的风景，没有很多的钱，没有导游。

坐在黄则和店里喝着花生汤的时候，一直在咧着嘴抱怨太甜。南方的小食，与江南的相比少了许多精致。比如我还记得夫子庙晚晴楼的碧玉烧卖，或是苏州的细巧酥糖，精致得连酥糖的名字都会忘记。

好像都没有黄则和的花生汤甜。甜味在空气里来来去去，飘过长相奇怪的各式小点和卖茶小妹的笑容，在店堂里绕了一圈，还是落在面前的沙茶面和花生汤里。

日光岩

站在日光岩上眺望远方的海景和大片的沙滩，若不是这里的天气太热，真想就在这儿定居。这里有悠闲的人，大片的海滩，茂盛的植物，种类繁多的水果，鼓浪屿的馅饼和甜到死的麦芽饼。这些都可以成为我们定居厦门的理由。

抱着椰果上日光岩，被警察拦了下来，你不能这样上去，麻烦你先喝完它。他指指椰果，你明白，这么沉的东西万一从日光岩上砸下来，会出人命的。

于是我穿着深蓝色的小熊衣裳，红色短裙，站在日光岩的台阶下，一口一口把“凶器”喝掉。

那时阳光很烈，我们躲在岩石缝隙里，看烈日下岩石表面的地衣、菌斑，在手指下像一块块地图。喝完以后，摇晃着身子爬日光岩，椰汁在肚子里晃荡——我多像一个水果罐头呢？身体里都是椰果的味道。

沿岸植被盈绿，沙滩澄黄。就算在烈日下，空气也格外清澄。真是，无不佳。

沙滩

赤足，在沙滩上走来走去，捡拾粉色轻薄明亮如花瓣的贝壳。尚有被海水冲刷成卵圆形的石英与水晶，在贝壳间明亮生辉。

海水涌过，裙裾透湿。沙石流过足畔，手搭凉棚看远方。远方是雾，我看不清。

垂首，原来还是贝壳美丽。

海水涨落之间的那两秒钟，需要眼明手快才不会错失心仪的美丽贝壳。

第一秒，用来寻找。第二秒，用来拾取。

错了半拍，就错过全部。

贝壳

每一次去海滩玩，都会捡拾一些好看的贝壳或石头。

这些宝贝都被我收在一方手帕里，有新贝壳就添进去，和以前的记忆混在一起。

都是海风吹过的痕迹，同海边细微的沙粒一同住在这手帕里。

这些玫瑰花瓣一样的贝壳，捧在手里像捧一堆银币。我用葛朗台的手势一只一只数，满是细细簌簌的声音。这时候呵，心里慢慢地，慢慢地，就像是谁奏起了某支熟悉的曲子——温柔悠长的哨音，或是空旷久远的提琴。有关那年夏天的记忆被重重叠叠地唱起——苏马湾的海边，或是平潭那片生满了龙舌兰植物的沙滩，朋友坐在不远的凉棚下，另一位在身后与我一同捡拾。太阳很烈，我眯着眼睛从海水里捞起这些花瓣似的晶莹贝壳儿，满心狂喜地不停找寻。

在初夏的当季，数着手帕里的贝壳，回忆往年深夏的事，真觉得……度年如日。

唯有记忆与花瓣贝壳遭时光放逐在这手帕里相濡以沫。

缝制棉质手帕时边角的处理

1. 四周内折约 2 厘米的边，熨烫留痕后再展开，剪去一个斜角。

2. 如图斜角内折，再依序内折。

3. 再内折一道，熨烫定型后以珠针固定，再以藏针缝合手帕边。

1

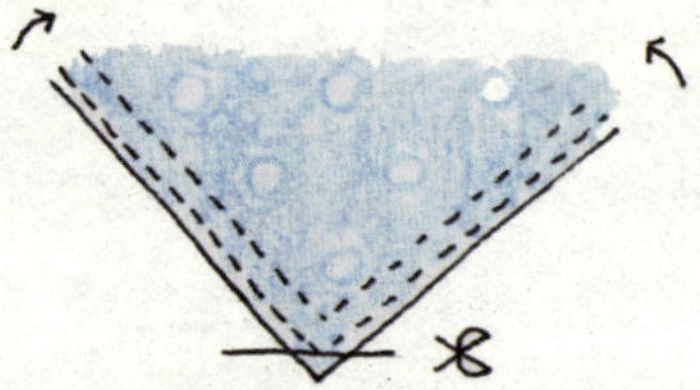

2

3

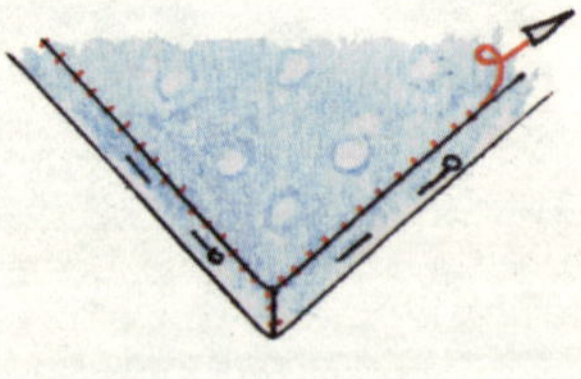

芒种

Dear Country Doll

拥有一个 country doll（乡村娃娃），那还是我小时候的事情——也许是四岁五岁，或者六岁。它以一个礼物的身份飘洋过海，从地球另一边来到我手中。它穿着红白条纹的长袜子，眼睛湛蓝，三角形的鼻子使它像个小丑。脸颊上有着雀斑，嘴巴笑得很大。它长得真是丑。

如今我又一次梦见它。它笑得跟从前一样，只是很旧，很脏，也许就和我十多岁时最后一次看到它的样子差不多。我呢……好像是在哭吧——在梦里遇到遗失了很久的朋友，教人如何不伤心。

醒来时窗外已有晨光，天花板明亮——其实那些有关童年的记忆，都还在我脑海中。它们一直都在，就像一本厚厚的书。因为太重，所以翻不动。也许隔了很久，才会翻开一页，而那些永远不会被翻开的纸张，它们都被称为“遗忘”。

这就是遗忘和遗失的区别。

若还在为那些被遗失的朋友、物件而难过，那么，还是开心起来吧，所幸它们还未被遗忘不是吗。

成年后的我，择这梦醒后的周日，在桌面摊开肤色的素布，仔细剪裁，一点点怀念，一点点想象，却无法拼合童年时那亲爱朋友的形象。

最终亲手缝出的这个 country doll，她有木薯色的身体，粉色碎花小裙，一头薄荷绿的卷曲长发和总在笑着的温柔眼睛。她与我记忆里的那个 country doll 没有半点相像。

我悠久记忆中的那个 country doll，还是让它沉睡在记忆里吧。或许下一次的梦境仍能相逢，它依然很旧，很脏，笑得和从前一样……

身体的制作

1

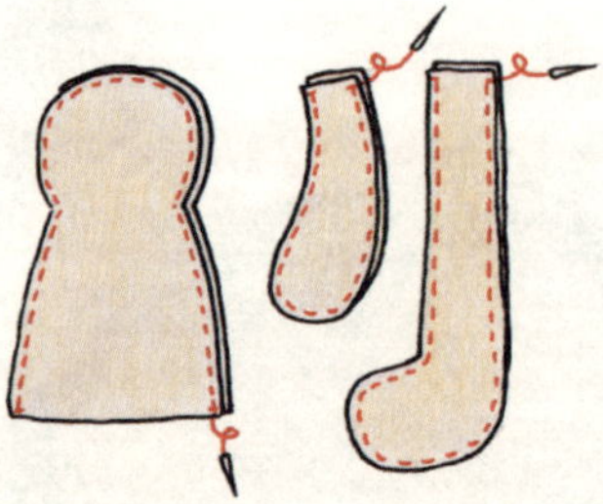

2

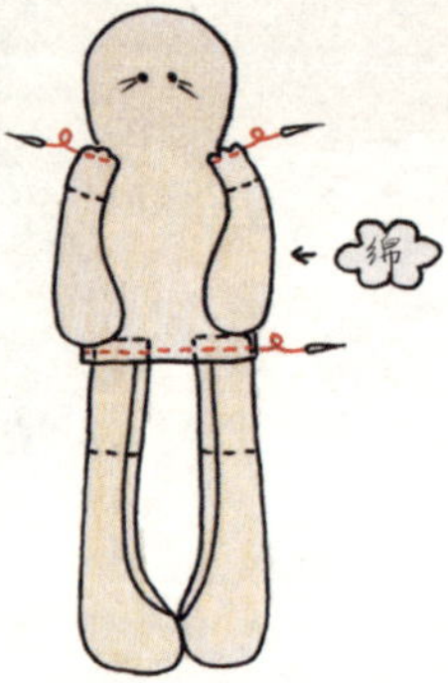

裙子的制作

1

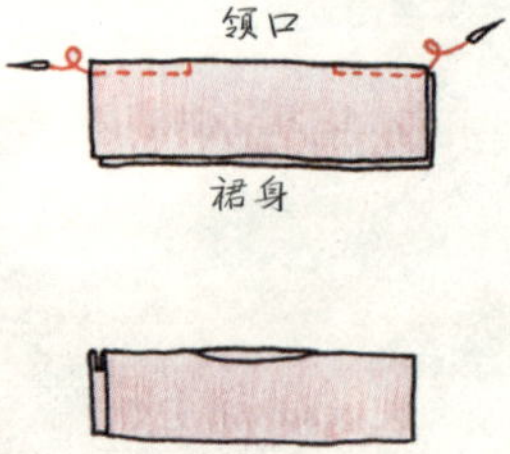

2

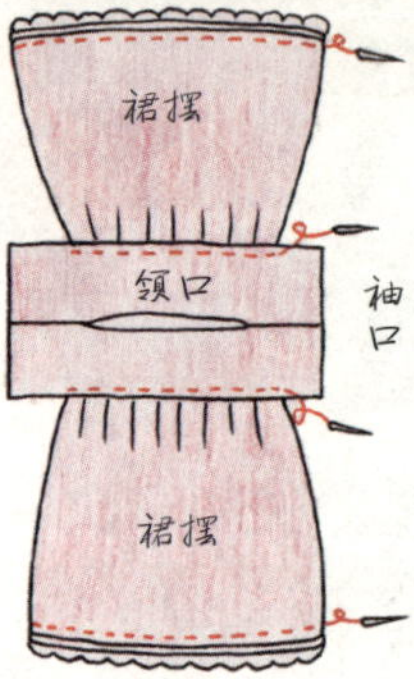

3

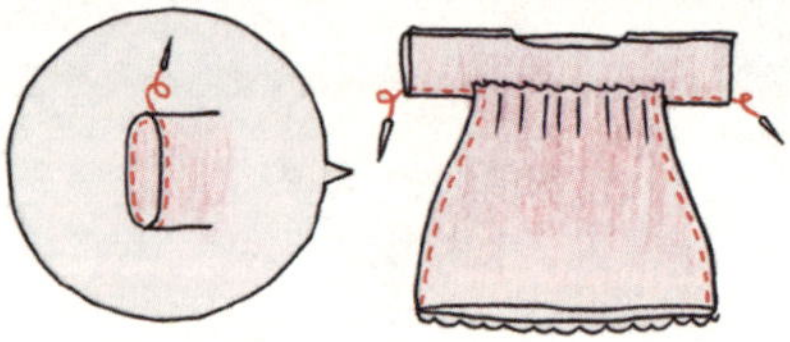

4

缝上花边和胸针

头发和帽的制作

1

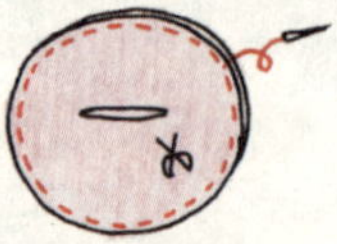

2

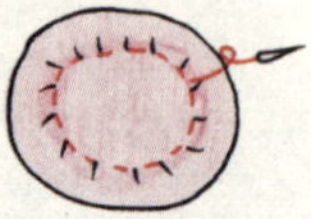

3

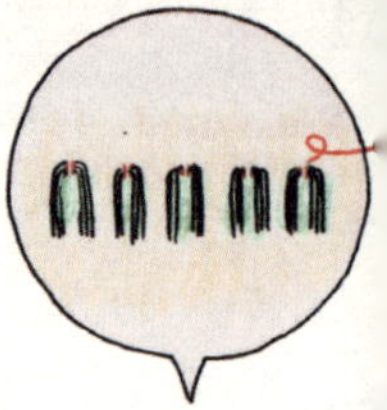

鞋的制作

1

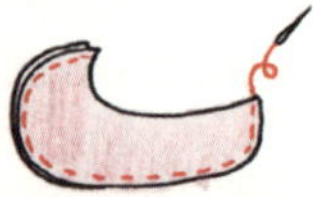

2

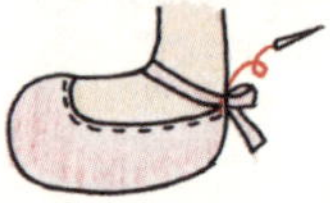

用棉布制作乡村娃娃

身体的制作：

1. 裁剪出身体（前后两片），胳膊（四片），腿（四片），每两片正面相对缝合，留出返口。将各部件由返口翻转到正面，并填入棉花。

2. 依照各部件的位置缝合好，即成人形。用防水的中性笔，仔细描绘出面部的表情，并抹上少许胭脂。

裙子的制作：

1. 两片裙身正面相对，缝合并留出领口的部分不要缝。

2. 将裙摆的上端抽褶，缝在裙身的下端。另一片裙摆也同样与裙身缝合，就成为了前后两片裙摆。

3. 如图沿着肋下缝合裙子的前后两片，并内折袖口以及为裙边缝上花边，裙子的雏形就完成了。

4. 给娃娃穿上裙子，为领口缝上花边和胸饰。

鞋的制作：

1. 按照娃娃足部的形状剪出鞋子的布料。为了便于穿上，可以比足部的尺寸略微大一些。将两片正面相对缝合，翻到正面，穿在娃娃脚上。

2. 再用丝带绕足踝一周。系蝴蝶结，并缝合在后鞋帮部位便于固定。

帽和头发的制作：

1. 剪出圆形的帽子布，将它们正面相对，沿边缝合，在内帽的正中剪出返口，并翻折到正面。

2. 如图留出帽檐的尺寸，粗缝一周，略微抽紧，帽兜的形状就完成了。

3. 毛线剪短，如图成束缝在额部，成为刘海。

4. 帽子与头部缝合的同时，将麻花辫缝在左右耳边。

TIPS：

· 娃娃脸上的胭脂可以使用你的口红，或是柔软质地的油画棒。

· 想要使胭脂涂抹效果均匀的话，先将颜色涂在你的手指头上，揉匀，再用手指上的颜色给娃娃的颊部涂抹。

那只古怪护膝的一生

你会织“元宝针”吗?

那是我最早学会的织毛线针法。元宝针织出来的织物丰厚饱满，这种针法很适合用来织冬季用物。

我读小学时用元宝针为自己织了一只护膝——至于为什么是护膝而不是护别的，大概是中《排球女将》的毒太深。

那只护膝是用橘红色旧毛线织的。弯弯曲曲略显僵硬的旧毛线，绕成团儿就像一只疙里疙瘩的干瘪橘子，这使得无论用它织什么，成果瞧着都像片破破烂烂的橘子皮。

直到如今我还记得织好护膝的那个下午。我不会收针，只好求助母亲。母亲翻来覆去看半天也没猜出那是个什么玩意儿。

“你织的什么？还元宝针咧。”她忍不住问我。

“……护膝……护膝盖的。”

“神经。”

“人家膝盖经常疼嘛。”

“疼屁，你七老八十啦。”说着她草草地帮我收针，做家务去了。

房间里只有我一个人的时候，我把裤腿儿捋起来，将护膝小心翼翼地兜在膝盖上，不时地吸两口气，就好像在那护膝的底下有个真正可怖的大伤口。接着，我把长裤抹下来盖上，被护膝围住的膝盖变得肥厚，圆鼓鼓的，像含着颗糖的腮帮。我带着这只奇怪的膝盖下楼去玩儿，就像“受伤的小鹿纯子”附体，我竟然有种伤兵式的悲壮情绪。一瘸一拐地，我走向花园，半途还得不时弯下腰去，隔着长裤把掉到小腿肚的护膝扯回到膝盖。在走向花园的路上，我打消了织另一只护膝的念头。

后来我一个人坐在花园的长椅上捣了一下午泥巴，而我的伙伴们跑去跟其他院子的孩子打架，有几个负了伤。我则因为一只针眼大大小小、烂橘子皮一般的古怪护膝而幸免于难。

这只护膝后来的职业生涯丰富多彩，它当过一只小熊的丑陋的床铺。在我拥有了一个洋娃娃之后它成为了丑陋的帽子。找不到猴皮筋儿时它也会被我拿来束发。许多年后的一天，身为“抹布”的它完成了使命，终于功成身退，拖着残破不堪的身体去往垃圾堆安享它的晚年。

近日，我想给自己织一双手套，这使我想起了那只可怜的护膝和“元宝针”。原本我以为织毛线这档子事儿就像骑单车一样由小脑记忆——我以为小脑记得的事儿，都是永远不会忘的。可那当儿我举着毛线棒子，无论如何也想不出“元宝针”怎么个织法儿。后来，仍然是万能的网络搜索引擎搭救了我。它列出文字版、图片版、视频版等各种“元宝针”教程，比小脑管用多了。

相形之下，我的大脑老老实实地将那只护膝牢牢记得。那只不太像样的、丑陋的护膝被锁在“小时候”的抽屉里，与我的整个童年一起被贴上了永生难忘的标签。

儿时常吃的鸡蛋饼

1.普通面粉、水和成像耳垂一样软的面团。

2.将面团饧十来分钟，揪成小剂子。

3.擀成碟子大小的圆薄片。

4.把圆薄片铺在碟子上，倒入韭菜、鸡蛋和盐混成的蛋液。

5.再盖上另一张圆薄片。

6.把边缘按紧，避免煎时蛋液漏出来。

7.放在平底锅里，小火烘至两面熟，内部蛋液凝固。

8.往饼边缘浇一圈蛋液，让蛋液凝在饼的外围。这样就不会吃到饼边时觉得没味儿。

绿松石之夜

那镯子还是上个世纪的事情。

有天晚上V陪我逛街，我在一个独眼女人的手里买了一串绿松石。那女人通身上下透着些巫气，有点像巫婆，用一只眼睛盯着你的眼睛，另一只失明的眼睛着了魔似的望着别处。想起她的眼睛就令人觉得那个绿松石之夜其实是场迷幻的梦境，所有的景物都跟着她的瞳孔收缩、放大、扭曲，一不小心就会找不到归途。

她用很长的篇幅来描绘自己独身入藏的经历，我们听得惘然若失，然后怀里揣着绿松石色的向往在月光下走，在回家的路上说不如以后我们一起去西藏看看吧。

回家后用黑色的石珠与幼鲨的脊椎骨，配上那些巫婆的绿松石串了这只手镯。搭扣是从一只古旧的银项链上拆下来的，而关于那些幼鲨的骨头，是从家里养的那只猫的口里夺下来的。那时家里还养着一只朋友送给我的猫。它是只漂亮的狮子猫，毛很长。它喜欢吃鸭子的肝，或很腥的鱼。那只幼鲨的骨头本来都归它，结果在它吃光最后一口之前，我突然发现幼鲨的脊椎骨就是一粒一粒的珠子。

我将鲨鱼的脊椎骨摊在烈日下，晒得脆脆的。中间的窟窿恰好可以穿过一根线——就这样我造出了这只手镯。这些绿松石在那个夏天整日整夜地窝在我手腕上，沉思或睡眠。——石头只会做这两件事。

此后想过再做一串绿松石手镯，但我再没有遇到过那个巫婆。那年夏夜的相遇，同她的眼神一样，像个梦境似的传说。

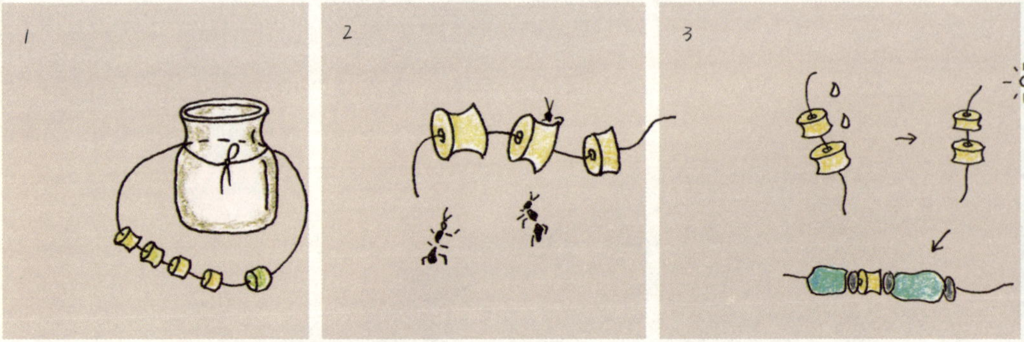

如何将鲨骨清理成为首饰珠

1. 用清水浸泡鲨鱼脊椎骨约四小时，将鲨骨一粒一粒地掰开，若吃力可以借助小刀。此时鲨骨残留着鱼肉，但中空脊髓腔恰好成为珠孔。用结实的鱼线像串珠一样穿起，并与重物系在一起（如装满水的玻璃瓶）。

2. 将穿好的鲨骨串和重物一同放在蚁冢附近，只消一会儿你便会发现许多小蚂蚁循息而来，它们会帮你将鲨骨上的残余肉屑清理干净。

3. 将被蚂蚁清理后的鲨骨取回，在流水下仔细清洗，再晾干，置于烈日下曝晒。完全晒透之后，鲨骨珠子就可以用来当首饰。

TIPS：

· 在南北货商店买到的幼鲨，作为海产通常已经被加工晒干过，可以直接用小刀将其脊椎骨挑出。若是已经用于烹饪，那么煮太久已经变软的鲨骨不可以用。

· 若你偏爱洁净光泽，可在第二步之后，增加将鲨骨放在漂白液里漂白的步骤。

· 因单粒的鲨骨重量较轻，如果不用线穿起来的话，很有可能会被蚂蚁一粒一粒地统统搬走。

夏至

每回路过那个拐角，总会停下来看看那盆多肉植物。好大一盆，生得兴旺发达，都满溢出来了。不知是谁将它放在墙头，很高，倒是日日受着充足阳光与雨水的滋养。

今晚下很大的雨，我路过那里，又看见了它。它在路灯下闪闪发亮。

墙头下有一扇院门，平时从未见人进出，今晚却有个老太太从门里边往外面张望。

“请问那盆花是您家的吗？”一向羞与陌生人说话的我，居然前去搭讪，连自己都觉得吃惊。

老太太冒着雨伸头看一看：“唔。”

“那个……能不能给我一小片叶子？我想带回去养一养，也许能长出一整棵……我只要一小片儿就成……”我语无伦次地说着，雨哗啦哗啦下得很大，咚咚咚地敲在雨衣上，我几乎听不清自己的话。

“行啊，但是那么高，你能不能够得着？”

我在大雨里抬头望了望那盆花，平日在车上瞧还好，眼下真走近了，的确是怪高的。老太太又指指墙边的一块石墩子：“要不你踩着这个够够看。”

我爬上去，伸伸手，呀，真够得着。她拄着一把伞在下边看我：“哎，你折个花头好啦，一片小叶子要养到哪一天去？”

我说：“谢谢啊谢谢，那我折个吧。哎呀折不动哪，如果有剪子就好了。”

她在下头嘟哝着："用点劲儿嘛你用点劲儿。"

雨水扑在我仰起的脸上。"啊，折动了！完了，掉下去了！"我叫着，眼看着那枝花头，在雨里翻滚着，落到地上，碰断了两片叶子。

她的女儿从院子里出来，手里拿把黑铁剪子，老式的那种。"来来，剪子来了。你再剪一枝吧。"

呃，都不好意思不剪了。我一边道谢一边接过剪子，抬头咔嚓剪下一枝，这回小心地用另一只手接住。它在我的手里，显得娇小极了。

还了剪子，又一再道谢。老太太摆摆手说："没事儿。"

"这盆花养多久啦？长得可真好！"我赞叹道。

她耸了耸肩膀："十来年咯。以前老头子喜欢，后来没人管了，就墩在那边。平时下下雨，就当浇过水了。话说老头子都死了十几年了，我又不会养花，没办法管噻。"

像是感慨什么，她又耸耸肩，收了伞，退回她的院子。

我将花枝收在包里，同她道了别。她在院子里向我摆摆手。

这盆院墙上恣意生长着的多肉植物，它那么旺盛，风雨无阻地在那个家的屋瓦上存活。兴许是那个亡人的眷恋吗？一味安静地存在着。从空中俯视着一天又一天，孩子成长，老伴老去。从清晨到日暮。

多肉植物的繁育

多肉植物的人工繁育方法中最常用的是叶插和扦插。

叶插：

1. 先准备一盆以蛭石为主要成分的培养介质。在植株中摘一片看起来肥厚并且汁液丰富的成熟叶子，把它平放在介质表面，放在太阳无法直射，但有明亮散射光的窗边。2–3天后，叶片断口干燥后，将断口浅浅地斜插在介质表面。浇水，保持介质略有些潮湿。

2. 在春秋的气温下，1–2周后就会在断口处长出新的幼株。随着幼株的成长，老叶子会萎缩干枯。

3. 观察幼株的根系长出来后，就可以移植到盆里了。

扦插：

1. 用剪刀小心地剪下枝条，放在空的饮料瓶中，使植株保持悬空状态。

2. 放在太阳无法直射，但有明亮散射光的窗边。大约一周后，断口会干燥，视温度湿度以及品种不同，有可能会出现细小的根。

3. 已长出根的植株可以直接入盆移植。如无根出现，将植株插入培养介质。

4. 在春秋的气温下，1–2周长出新的根系后就可以移盆种植。

TIPS：

· 繁育的最好时机是春秋气温适宜时。无论叶插还是扦插，光照条件须全程在"太阳无法直射，但有明亮散射光的窗边"。

· 培养介质由利于排水的蛭石组成，如果没有，将烧过的煤渣敲碎替代蛭石也可以。

· 拥有肥厚叶片的品种，叶插成功率高。叶片较薄的品种，叶子的营养往往很难满足幼株的成长需要。

杆插

叶插

[去朋友家拜访，除了带上美味的酒，带上一盆为她种的多肉植物也很好。]

芳香之旅

一次偶然的机会得以去参观芳香植物种植园。

像小时候的郊游那样，我前一晚兴奋地打点行装。因此次要深入田野，所以除了惯常的手机钱包以外，还多备了驱蚊水、薄荷膏、防晒液，并且按照组织者的要求着长裤与球鞋。

清早，我已装扮齐整——马尾辫、背心、男式米色格子短袖衬衫、又肥又大但是很凉快的米色麻质长裤、帆布球鞋（由于动作量和运动幅度较大，借穿家里男性成员的衣服会比较方便）。

我们去的芳香植物种植园是个规模很大的基地。在那儿，香草以野草的姿态自顾自生长。百里香生成漫漫一片草地，或见缝插针地匍匐于田埂路沿；迷迭香一丛丛挣着手脚向天，连成一大片芬芳的田，由远及近，满眼疏淡的绿，空气中全是香气；又有各色萱草正开着大花朵；最最著名的法国薰衣草花期已过，我没见到普罗旺斯簇簇连天的壮观景色，有风路过，却仍然能闻到风里浓耶的香气。

新鲜植物散发出的香味有种鲜活气，与试管里、精油瓶里、化妆品里的香气完全不同。植物的芬芳大约更清新、更接近愉悦和欢欣。

步行在田埂上，几乎每见到一种植物都会忍不住伸手摘一片叶子放在鼻子底下嗅一嗅，它们的香气就像各自的另一张面孔，许多貌不惊人的草本却有极其个性的气息呢，比如碰碰香——手指只消在这种植物多肉的叶片上轻轻抚摸一下，就沾上了接近茉莉和栀子混合香味的那种味道（不知该如何形容）；又或迷迭香，阳光烈烈的时候若是能够在充满香气的迷迭香田野里跳跃，或是像只熊那样滚来滚去，把衣服都沾上苔绿的草汁和香味，单是想想就觉得幸福极了。正是因为这些不着边际的愿望，带去的速写本和彩笔都没派上用场，因为几乎所有的时间都用来惊叹和欣赏，哪里还会想得起来做笔记呢。

直到太阳落山才回家。重归城市，因手中提着买的几盆香草，整节地铁车厢都飘着疏淡的香气。我倚在车扶手上，身体疲累极了，心中却欢喜。

漫长的春天

三月恰好是初春，我一直跑到六月的初夏。

我常在湖边跑步，那儿草木丰美，风景宜人。眼下这个季节，芍药盛放，月季含苞，雀衔枝，野蜂结巢。几乎每天都能够看到自然界次第的变化。昨日跑过湖边，那株杜鹃新打了一树花骨朵儿，今日路过，已如盛宴。我跑过它的身边，没有停，但花朵娇嫩的颜色让人跑出好远还忍不住回想。

山道上也会遇见蜂蚁，在空中嗡嗡地响。有时傻乎乎地跟着跑步者飞行，大约觉得无趣，又径自飞走。路上遇见的小狗也会这样。

全赖这奔跑，我得以离开书桌，在户外日复一日看到季节最细微的变化，也能够遇见最为有趣的事物，仿佛紧贴着春季的脉搏，今年的春日因此显得漫长。

我也曾在月光下奔跑。深夜里没有风，没有鸟鸣，只有嗒嗒作响的跫音与有节律的呼吸彼此回应，仿佛通行于深井。小路一侧是古老的城墙，另一侧是湖水。水草的气息混合着淡薄的鱼腥味从湖面沿着岸边往上涌。奔跑使夜更加宁静，清凉的空气好像海水，从遥远的夜幕当中落下来，灌入肺叶发出呼呼的风声。雪白的月光给树画上影子，我跑过去，我的影子就吃掉了那些美丽枝条的影子。

停下来舒展手脚，看见地上有一枝白亮白亮的花儿，令人猜想它是月光落下来凝结成的。捡回去插在水盂里养着，日日修剪，足开放有半月余。

若说跑步有多迷人，大概还是奔跑时大脑放空，胸中块垒在奔跑中松动，以及，微风自耳旁拂过——这温柔的抚慰，只有天地间才有。

长跑原本是孤独的运动——奔跑的时候只有你，独自追赶着未来的自己。

最初我只是随随便便地套上一双球鞋就跑了出去。那天同样是这样的深夜，我惊讶地闻到植物在夜晚散发的清香。初次奔跑带来胸腔内的锉痛，却让原本憋闷的心情得以快慰。我迎着天边的一轮明月，而星斗伴随着一同前行。长期伏案足不出户的我，在那个深夜遇见了这些神灵。它们安慰了孤独的我，也将这孤独变得更为迷人沉寂。

1

2

3

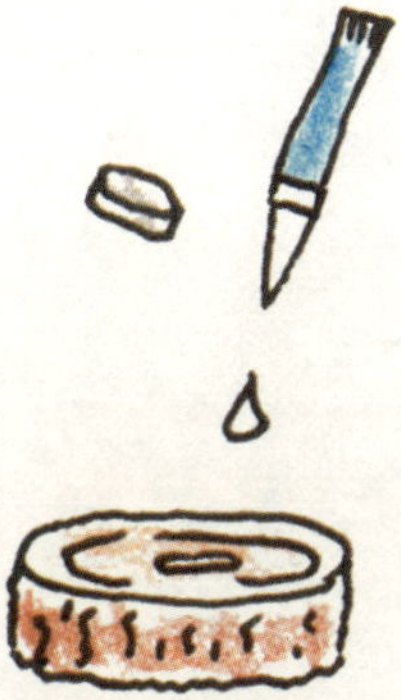

用散步时拾来的小树枝做磁贴

秋天时与家人散步。并不远，不过是在住所附近的小山上走走。山道两旁长着高大的乔木，时常能在落叶中拾到粗壮的枝条。兴许是大风的天气被吹落的。

1. 捡回来搁水喉下冲洗，置于阳光无法直射的地方阴干。

2. 用手工锯将枝条锯成薄的切片。

3. 用瞬间胶将磁粒粘在切片上。

TIPS：

从哪里能够获得磁粒?

许多茶叶盒、糕饼盒等开口处都有磁粒装置。在回收纸盒之前，用小刀撬开纸皮就可以得到磁粒。

聽

空堂坐相忆

午间趁着空闲去老图书馆办事。通往成贤街的是一条幽静的路。恰逢暑假，路侧的大学校园寂静而空阔，墙头上腾腾地开着凌霄，在阳光下红艳艳地铺张着。犹记表妹衔住凌霄的花尾能吹出嘀里嘀里的歌儿，而我怎样鼓着腮帮子，只能发出“噗——噗——”的声儿。迎面的风叫人痒痒的，带着草味、树味、泥巴味，把面颊和头发都吹痒。一痒了，我就想把眼睛闭着了。

老图书馆里有霉味儿，还有旧书被装裱过后特有的味儿。我很小的时候，在老图书馆楼上楼下乱跑。那些人我都不认得，然而人家见到我——“这是老蒯的孙女儿。”一个摸着我的脑袋对另一个说。那时候，我的祖母还在这家古老的图书馆工作。而我还是个小孩子。与祖母同一个办公室的大叔给我童话书，抱我坐到椅子上读，又给我一支铅笔，说：“能看懂不？遇到不认得的字就勾出来吧。”

我总算安静下来，坐在那儿老老实实地勾。过了一会儿，那人来看我的书，回头同我祖母笑说：“老蒯，你孙女儿认得不少字儿。”老蒯笑笑，啥也没说。

老蒯下班的时候带我回家，她提着个她自己缝的小布包包，干净整洁，钥匙系在包带子上，走着走着会发出细碎的响声。过马路时她拉着我，有时等红灯时间长，她就从包里掏出颗巧克力，掰半块给我。

平时老蒯管我很严。她叫我吃饭不许掉饭粒，饭碗离桌边一寸，走路要抬着头，不许内八不许外八，饼干每次只能吃两块，汽水不准喝……

那时我很怕她，却又胆小，不敢公然反抗。

等我大了，知道她是爱我的，可她已经老了。晚上我去医院陪她，她同我讲许多过去的事儿。夜里她怕吵醒我，小小声地咳嗽。没过几天，老蓢就走了。她走的时候我在上班，接到爸爸发来的信息，只觉得心里有一大块东西不见了，再也找不到了。

不见了的，是那种与她同在的安定感。朋友失去亲人，我总是很难说出“节哀顺变”这样的话。因为我晓得，失去亲人的疼痛，是种断裂的疼痛。那四个字，担当不起。

我陪老蓢走的最后一段路，是省中医院左首一楼的长长甬道。被白布裹得小小的身躯再也不能拉起我的手，是叫人但凡想起就很伤心的事。

今年初春我路过那儿，特意走进大楼想再看看老蓢生命消逝的地方。可是那儿什么也没有了，连甬道也不见了，只有一座巨型鱼缸矗立着，许多彩色的海鱼游来游去。时间总不由分说，将这个世界变得更加凌乱。与老蓢的一点纪念，就这样消失了。

现下的正午，我重新回到老图书馆。躲过夏日浓烈的阳光走进它阴凉的心脏，如同走回了久远的过去。工人们已将藏书打包搬去新起的图书馆大楼，藏书室一间一间地空落了。我回想起那么久以前，在楼梯上奔跑欢笑的小小的我，只觉那是多么遥远而熟悉的景象。

我闻见残留在空气当中的旧书的气味，就像二十多年前，我总在她的衣领上闻到的那般。嗯，就是这样的——有一些东西还是没有变，虽然我已经不记得她的办公室是哪一间。我只能站在她曾经工作过的地方，想起被我遗忘了许久的，关于我们俩的小小的回忆。它们洁白芳香，崭新得就像她还在我身边。

无尽夏

在豇豆生长的旺季，妈妈起坛泡了长豇豆。按照往年的惯例洗净陶瓮，选没有破损的豇豆洗净晾干，置于瓮内，兑入泡卤和米酒，最后浸入一片紫苏叶，再盖好瓮口。妈妈全程小心翼翼，像供奉神灵。

泡卤的做法是清水加花椒粒和盐煮沸，晾凉。虽然没有额外接种酵母，但在浸泡的过程中，豇豆表面携带的天然酵母会在泡卤中缓缓生长。隔日去看，坛子里的泡卤已冒起小小的气泡，这是发酵的正常现象。若是能够从朋友家匀来现成的老坛泡卤，味道就更好了。

紫苏叶有特别的芳香气味，传说可以避免泡菜里生霉花。说起紫苏，家里露台上的紫苏是春天时我从玄武湖喇嘛庙移植来的。那座小小的庙宇我跑步时常常经过。大约是傍晚的缘故，未曾见到香客，且并无僧人。庙门前井井有条地种植着大团大团的绣球花。屋檐下的燕子筑了巢，叽叽喳喳，倒显得空落的庙堂更为宁静。供桌很干净，仿佛总有人擦拭，只是我看不见他。

有一日我跑累了，进到庙堂里小憩，竟昏昏然睡了一觉。醒来后觉得做了个漫长的梦，看看手表却只过去十来分钟而已。

又有一回，我在庙前一株八仙绣球的根下埋了一只生锈的铁钉，因为听说这样能够让它的花变成美丽的蔚蓝。八仙绣球，又称为紫阳花。虎耳草科，绣球属。因花期长，另有个很美的名字叫“无尽夏”。

再有一日，暮色四合，我在庙院外的草地里挖一棵野生紫苏想带回家种在露台上。忽然，我的面前出现了一只小黄鼠狼。它端坐在草丛中，抬着一只手，静静地望着我。

见到它之后，我将手里的活儿停了下来，心中升起“到别人家里来偷东西被当场捉住”的窘迫感。它那气定神闲的仪表和姿态，可不正活像喇嘛庙素未谋面的主人？

彼此僵持着对望了一会儿。我不知如何表达抱歉的心情，将紫苏举起向着它晃了晃，便径自逃走。

那株黄鼠狼家来的紫苏在我的露台上生得很好。入秋结许多苏子，引来鹊鸟啄食。落下的种子在次年春天自行发芽，复生为漫漫一片紫色的小苗，长大、开花、结籽。年年如此，周而复始。

啤酒暴腌

用喝剩的啤酒来暴腌根茎类的蔬菜，腌成后口感脆生生的，有蔬果的清香，又有啤酒丰厚的奇特滋味。腌淡了当零食， 边看书边吃能干掉一盆。若是腌咸了，拿来佐粥，味道很美。

这儿所说的暴腌是指腌的时间短，一小时或者几小时都成。最好现腌现吃，隔天就别吃了，因为亚硝酸盐的含量会高。啤酒不拘什么品种，黑啤、生啤、普通听装啤酒都成。盐的量需要您根据自己的口味和蔬菜与啤酒的量来增减。新鲜的胡萝卜、西兰花的茎部，或者黄瓜，但凡能生吃的蔬果都可以切成片这样腌。

初夏午后

初夏的时候路过乡村，见农人将金色的谷物铺在马路上，像落了一地的日光。

因满天满地亮闪闪的缘故，望到的人觉得空气也因此变得炎热干燥，一个个将眼睛眯起来，在树荫下多停一会儿。路过的小汽车、大巴、卡车轰隆隆地开过去，车轮轧在麦草上发出细碎的“剥剥剥”声，这些声音是收获的尾声，意味着麦粒从穗子里脱逃，而麦管变成扁扁的麦秸。村里的孩子晒得乌黑，提着松垮垮的肥裤子到处跑。几个一群，手里高举着麦草作势降彼此的妖。

我在路边拾了几支完整的麦穗，从颗颗饱满的子房里剥出古铜色麦粒，吃起来有点硬，嚼在口里又觉得甜。炎热在四周穿行，狗吐出舌头，伏在水泥地上，把乡村的整个下午都吞进嘴里。

初夏午后的困意忽然来临，这个旅途也因此而显得不真实。

到了晚上，透过车窗望见远处黑魆魆夜色里燃起大片扁平的野火，那是农田里第一茬麦子的根茎在燃烧，也是下一茬麦子成长的序曲。

1

2

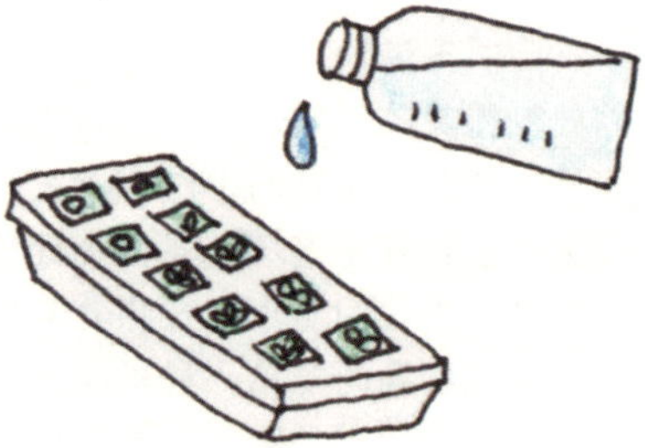

3

薄荷冰

1. 为薄荷摘心有助于侧芽的生长。

2. 冻冰块时，投入几片薄荷叶。薄荷叶之所以会给人带来清凉愉快的感受，是因为其含有“薄荷脑”这种芳香物质。将薄荷叶冷冻在冰块里，水分子固化后膨胀，可以破坏叶片的细胞壁，令薄荷脑更充分地溶出。

3. 在夏天喝梅子酒或夏饮时投入几只薄荷冰块，清凉解暑。

TIPS：

· 也可以将柠檬切成小块儿，用这种方法冷冻。随用随取，非常方便。

小暑

小女孩和鸭子

所有的鸟儿都以为，把鱼举在空中是一种善举。

——简媜 《美丽的茧》

小女孩很爱她养的小鸭子，每天都把它抱在怀里，对它说你好可怜呀，这么小就不在妈妈身边，我愿意给你许多好吃的，也给你大大的水盆游水，只要你开心便好。

小鸭子还是死掉了，死的时候仍然是一身浅黄色的绒毛。

这是我小时候的故事。后来我将那只鸭子埋在河岸边，这样就算放学后一个人坐在河边看对岸，也不会觉得孤单。

后来这成为我的习惯——散步时坐在河边发呆。看对岸的花，它们热闹生长，神情自由。

小鸭的墓地就在我的身边——那一丛桃金娘科植物的中间。当初它最喜欢的游戏是扁着嘴亲吻我的手指。我爱它，与它相互陪伴。然而它始终是只鸭子，我永远也不知道怎样让它开心。

成年后的我在今日重回湖畔。香樟树开满细碎洁白的花。我望着远方的落日，将鞋袜褪去，盈盈的水草缠绕在脚趾之间。夕阳落在水面，将湖映成火一样的汤。

时间是不是凝固了？水流缓慢，如同时光。

坐在这里，回忆，回忆。有一些记忆就像铺在抽屉最底层的祖母手帕，任何时间抽出来，阳光下扑扑拍拍，还是有光鲜的颜色。不比梦境，再一次躺下来睡着，故事便被永久覆盖。

1

2

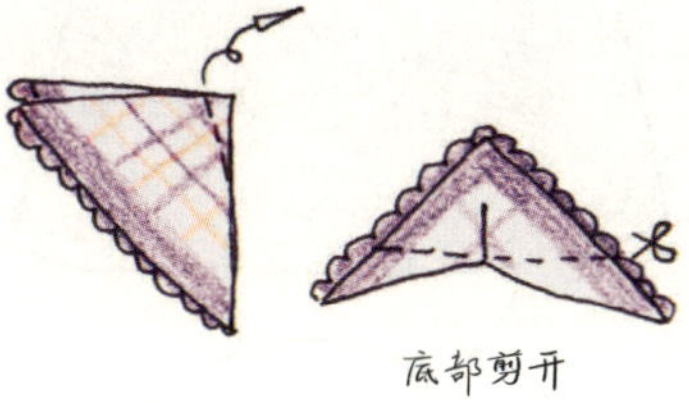

3

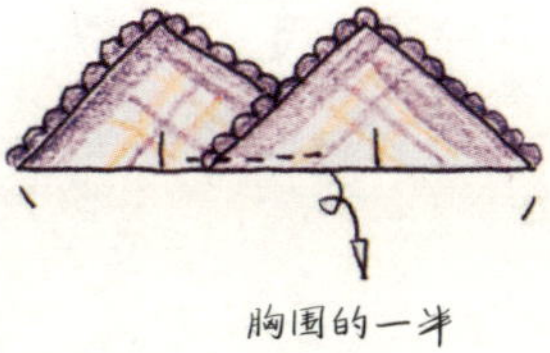

4

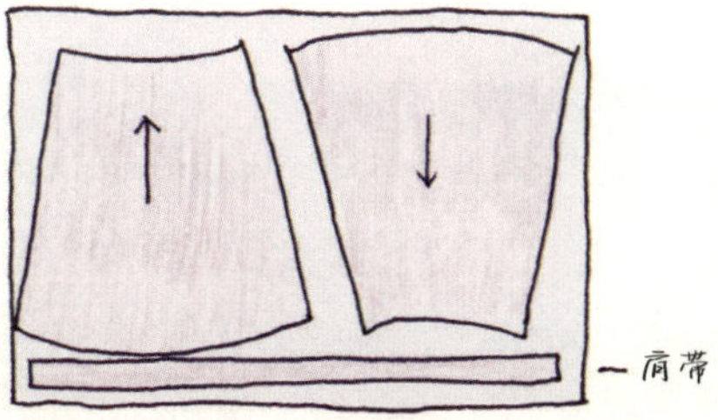

5

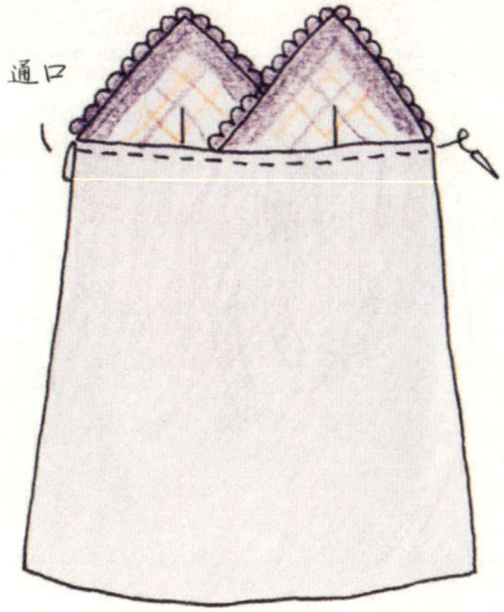

6

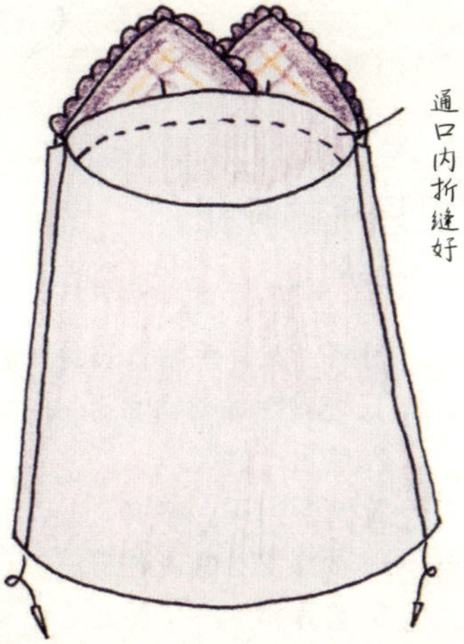

7

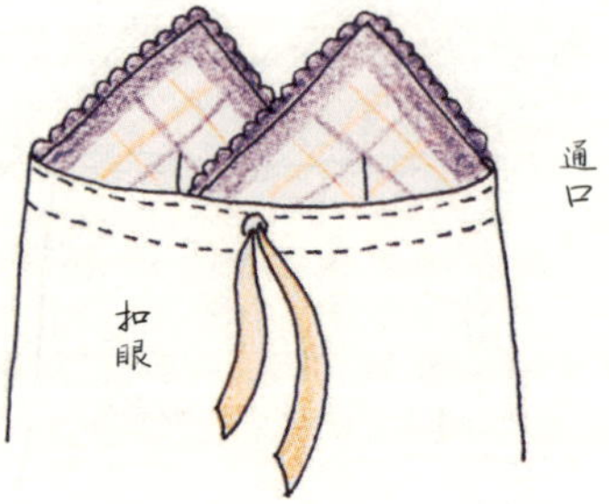

8

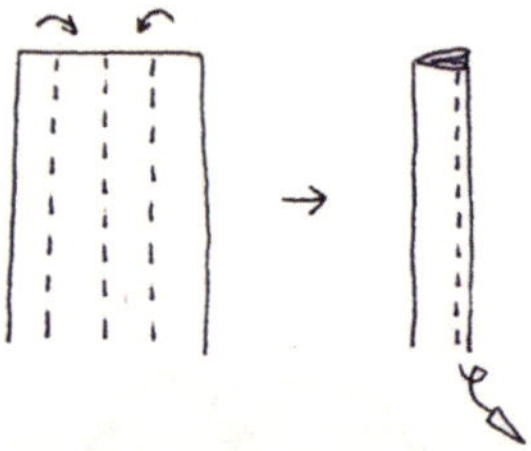

9

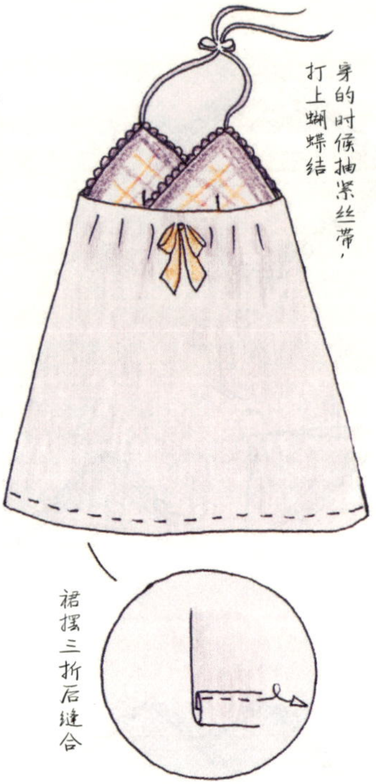

祖母手帕睡裙

材料：花边手帕，长约两米或更多的布料，针线，丝带。

1. 花边手帕对角剪开。
2. 缝出“省”。
3. 两片间隔，略有重叠，缝合。
4. 如图安排裙身的剪裁。
5. 前片裙身与手帕缝合，留出通口。
6. 后片与前片两侧缝合，使之呈圆筒状。
7. 通口内折，缝好。
8. 前胸的正中央开个扣眼，丝带由此穿入。
9. 肩带的做法如图。肩带缝在相应位置，再缝合裙摆就完成了。

在海岸

海洋与海风

在这样炎热的季节去平潭。

大巴一路经过山区和小镇，窗外丘陵与树林一路退去。不知开了多久，同行的人突然说，快到海边了。打开车窗，猛灌进来的风尽是又咸又软的海腥味。越过山与山的间隙，已能看到极远极远之地浅浅的一抹海平面。

等我们到达海边，太阳刚刚落山，然而天光依旧白亮亮的，连着小岛一同被蓝落落的海水映成混沌一团的安静世界。

贝壳与沙滩

去沙滩。

在路的此畔看到彼端尽头的荒海。说它荒是因为无人，安静得只剩下风与海浪声。穿过一片浅浅的枞树林，地上偶尔散落破碎的贝壳和螺类。沙子很细，若是用来做沙漏我猜时间恐怕会变快。半伏在沙内的黑色淡菜壳儿，被阳光热烈地曝晒后，就转成迷人的蓝紫色。拾在手里又轻又薄，手指略用力就碎掉，马赛克一样散在沙地上。指甲大小的海螃蟹快速掠过脚边，其实它们更像玩快闪的蜘蛛。

沙滩极软，每走一步，都像某种轻快的陷入。

午后的树影越拉越长。

在沙上悠闲地走，行姿有如桑贝绘画里的人物，倾着身体，像是迎着大风或是未来。

荒海这么荒，我们不会打鱼，只能跳进去游泳。

在银河下看海

晚上散步，走着走着就又到了海边。

安静广袤的一片巨大沙滩，人很少。被海水冲过的沙子平平整整的像被熨过，走在上面柔软又有韧性。海浪有些凉，令人在浪花间没心没肺地一直跑一直跑，也不觉得累。

这是怡人的夜晚，恰到好处的风与恰到好处的浪。夜空里星星惊人得多，密密麻麻，大熊星座极易辨认，银河亦很清晰。

天空是只巨大的玻璃球。

天空以下的我们呢，微小如浮尘。

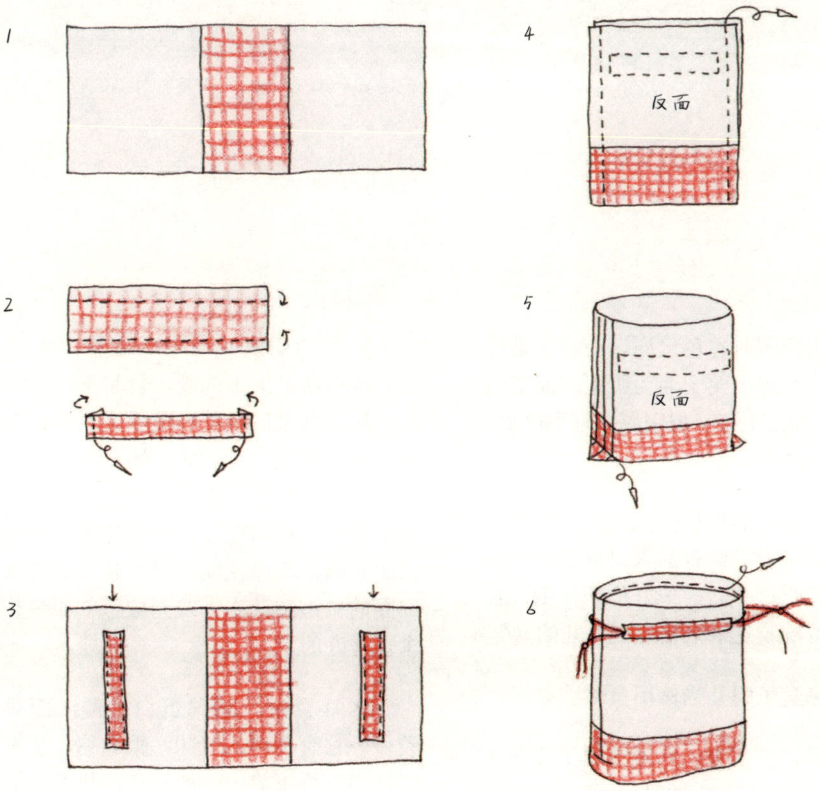

旅行用收纳袋

1. 如图拼缝出长条形袋身。
2. 剪出宽为两厘米的布条，如图将四边折缝。
3. 将两根布条分别缝在图中所示的位置。
4. 袋身正面相对地对折，如图缝合两侧。
5. 摊平缝份，底角折出三角形后缝起来。
6. 袋口折三折，缝合。翻回正面，用抽绳穿过通口，打结后就完成了。

桃胶

我去蠡园时春色已谢，荷花倒是开得漂亮。有座小院子名为听跫，园里栀子花虽开到了尾声，但因湖风迎面吹拂，老远就能闻到。

我从湖边的桃树上摘下几块桃胶。听说桃胶可食，同行的人讶异道：“可是……你吃这个？……好像妖怪哦。我怎么记得桃胶是拿来粘凳子腿儿的？”

“粘凳子腿儿当然用鱼鳔胶最好。”

有关桃胶的事，只淡淡说了几句。事实上，桃胶在我小的时候就已经吃过。外婆生前曾在院子里种过一棵桃树。结出的桃个儿小，并不甜，倒是桃胶丰产，时不时就能摘下剔透的一大团来。

桃胶性凉，食之最去夏日火。表哥也爱用小刀在桃树上刻一道口，好接一些新鲜未曾凝固的桃胶戳在竹竿末端，去粘知了。我每见表哥这样刻桃胶，总会连自己也替桃树疼起来。大概儿时的我一直将桃胶认作桃树的眼泪。现在想一想，该是魂魄才对。

同行的朋友也帮着一起摘，大略三五棵桃树上摘下的胶，合起不过猫耳大一块。回家后饮茶时随手丢入青瓷茶碗里浸了茶水，竟发成一团云朵。我将这云一般的桃胶与黑木耳汆过水，放凉，加米醋与咸鸭蛋白末。因不想吃那些煞口的东西，所以仅此而已。若再加切成细圈的杭椒和蒜末，或无椒蒜单加些芥末也是好的。

木耳爽滑，咸鸭蛋白增鲜，而桃胶……它有桃树的气味，很黏稠，我不知应当怎样形容——像果冻，却不像果冻那么浮躁滑腻。若拿来同猪皮冻比又娇嫩清爽。含在舌头上，它会自行融化，化成果木气浓稠的一团性感。

没几下便见底。那枚可怜的小桃胶有着琥珀的命，却逃不了成为大便的下场。

我满意地洗着碗，琢磨着下一回有桃胶可食，要等明年了吧。在我所居住的湖边，似乎也有着几棵桃树呢。

指尖萤火

如果有可能，真想回去那年夏天。

外婆住的那个小镇有座山，若是下过雨，山上采石后留下的大大小小的石坑就会积满雨水。

我们得爬上半个多小时才能到达这片清凉而袖珍的水塘之地。因为是石坑，所以蓄的水特别清洁，能看见水底的石缝，以及石缝间游移的蝌蚪。

带我爬山的是小姨，她那时只有十多岁吧，我也不过五六岁的样子，在山间采一路的野花，捡拾各样美丽的石头。

山上的石头相当奇特，有一些非常脆弱，用手可以搓下好些石英质粉末，摊开手，手心就在阳光下闪闪发亮。

我像山顶洞人那样用硬一些的石头敲打软一些的石头，把它们刻成红心啊小花呀鱼呀的形状，然而还是没有大自然做的漂亮。

那天我在水塘间跳来跳去，终于掉进了其中一只水塘，脚从水里提起来的时候鞋子里还有一只蝌蚪。我在水底找到了方才硌着脚的那块石头。青绿色，卧在水底里是一根活脱脱的黄瓜。

我把这根大自然做的黄瓜带下了山，带离了小镇，带回了家。

最后它变成了一只真正意义上的镇纸，为我的老书呆子爷爷管住被风吹得跳舞的书页。

对了，我忘记告诉你这幅画有关香蒲的故事。

香蒲是外婆家院子里的一种植物，长在水塘边，有细长的叶子，若是把它揉碎了，手指会染上芳香的味道，可以一直留很久。它的头状花序看起来好像热狗肠，听说可以把它浸过油点着了当作火把，所以它还有一个名字叫灯芯草。

这是件相当浪漫的事，握着灯芯草的火把在水塘边听蛙声一片，看明月一轮三两颗星。灯芯草不会夺过萤火虫的微弱光芒，从而让你在夜晚的水塘边可以看清身边飞来飞去的星星。

我没有这样做过，因为年纪很小的小女孩晚间要早早上床不可以夜游。

然而等我长大了，灯芯草握在手里就像一支脆弱的蜡烛，而且没有人和我一起去看萤火。

大暑

你好，森林

无论是森林边缘充满神奇魔法的海湾岬角，还是发出巨大轰鸣的瀑布，或者树林间一路唱着歌的欢快河流以及两岸执拗的岩石，甚或平滑如镜因而成为大雁休憩地的湖泊，以及那些高耸入天的松木、桦树、红榉，林中穿梭的鹿、狐狸以及熊，这些与森林有关的种种，对于自小生活在平原的我来说，就像一座从幼年开始憧憬的梦想国度。

仿佛自然界是永远的神祇，无论在哪里都会发生呆呆地将云、山、植物、动物、水汽、蓝天、海水、石头看个半晌的事情。直到如今，七月的烈阳下，我终于得以站在深深的山谷里仰望真实的森林。

大约罕有人至的缘故，南方深山里的动植物仍保持着原生的状态，加之地处亚热带，适宜的气候条件使得物种繁多，植被茂盛。繁茂巨大的阔叶树木，因树种不同而在阳光下显现出深浅不一的绿。它们在山风路过时轻柔摇摆，齐齐地对着天空招手，形成波浪似的韵律。

山间的蜻蜓与蝴蝶品种颇多。一路上行，仔细观察，会发现遇到的蜻蜓颜色多种多样，我们几乎很难遇到颜色一样的两只蜻蜓——譬如单单是蓝色蜻蜓，见到的可分为水蓝、粉蓝、钴蓝、海蓝、灰蓝、靛蓝等等；又若红色蜻蜓，有品红、粉红、桃红、胭脂色、锦鲤色等等之分。其他类如黄色、紫色、绿色、橙色不一一详述。

蝴蝶的品种则更为复杂繁多，微至指甲大的灰粉蝶，巨至碗口大的美丽蛱蝶，多不胜数。在山麓的路边草丛中，我为研究自然科学的朋友拍摄到几张枯叶蝶的相片——蝶翅的花纹与颜色同枯败的树叶相似，若不是它恰好停在一片新鲜葱绿的灌木叶子上，还真的很难发现它呢。

我们沿着山麓的小道上山，一侧是峭壁，一侧是悬崖，此时的云非常非常近，晴空湛蓝。上山的途中，需要不时地越过各种树木构成的树林，沿途常遇见各种昆虫，或在清澈的溪水边遇到色彩艳丽的蜥蜴。偶尔路过丰茂竹林，层层竹叶将上方遮蔽成一片青幕，间或透出的天光便显得格外蓝。虽说正值盛夏，山间却鼓荡着植物散发出的清凉香气，山栀、侧柏，以及许多说不上名字的树，它们都是山风清香的缘由。

树莓像《骑鹅历险记》中小人尼尔斯赖以充饥的浆果。儿时每逢读到“男孩摘了几只丰美多汁的浆果，将肚子填饱，便钻进白鹅的翅下睡着了……”之类的句子，总会有“真想现在就吃到……”这样的念头。

树莓在大山里随处可见。像是在任何地方都可以生存一样，连石缝中都会冒出几株像宝石一样晶莹的红果子。我们走一路，随手摘着吃了一路，并且很贪心地在回来的路上采摘了许多。后来，这些可爱的红色浆果，被我仔细地清洗晾干之后，用蜂蜜浸渍，收入冰箱的冷藏室。

安静地沉浸在金黄色蜂蜜里的浆果，就像把整个森林的回忆甜蜜地封存，常常被我当作回忆森林之旅的零食来吃。同样的，每当端出散发着浆果清甜味道的慕斯，总是会让人回忆起森林里清凉的风。就这样一边吃着，一边将那场森林之旅的种种对喝下午茶的朋友再说一遍。

浆果慕斯

1. 将鲜奶油打发成泡沫状，与酸奶混合成“A”。

2. 鱼胶粉用热水煮融，再加放蜜渍浆果的果浆和果肉，混合成“B”。

3. 取蛋糕模，放入海绵蛋糕为底层。倾入“A”为第二层，再倒入“B”为顶层。放入冷藏柜。

4. 大约三小时后，清凉可口的浆果慕斯就可以用来招待朋友了。

TIPS：

· 多汁浆果（如草莓、树莓）或切成小块儿的软质水果（如芒果、榴莲），都适合做这款简便的慕斯。

· 蜜渍浆果里已含有丰富的糖，浆果慕斯若作为日常点心的话，可以不用额外增加糖量。如果是作为茶食或搭配咖啡等要求甜度较高的场合使用，可在步骤“B”酌情加糖。

与壁虎君亲切会晤

香樟开花那几日，我常常开着窗，好闻见香樟花飘来的香气。在这样的夜晚我见到了壁虎君。

它散步到我的窗口。灯下的我先是看见一只小小的手掌搭在窗沿上，接着壁虎君探出脑袋，飞快地伸了一下舌头。

伸舌头，难道是壁虎族打招呼的方式吗？

我假装若无其事地看着它。壁虎君一边嚼着小虫一边说话。它望着我，认认真真唠里唠叨地说了好久。我也望着它，望了很久很久很久，好像时间因此变得黏稠。

直到壁虎君嗖的一下从我面前消失，我失落地拉起窗帘——今晚的会晤就这样结束了？

是壁虎君最先放弃的，它放弃了愚蠢的人类——我。

其实，说不定，也许，有可能，你再多说几句，我就能听懂了……

迷迭香之死与松栗拼布裙

照例宅于家中，度过懒怠的假日。只是天光不大好，迟迟不见雨。天暗暗的，闷闷的，一伸手就可以挤出热水似的。

露台上的迷迭香死掉了，两盆相约一同自杀，临死留下遗书——我们是被今夏热浪逼的。

这，隔壁的海芋可以作证，它们讲一句就要咽一口唾沫："是啊……是啊……是啊……唉……"它们说了半天，也没说出来迷迭香托孤的事儿。清理花盆时我才发现小迷迭香，孤零零的一小枝，以逃离的姿势向外。

我不晓得应当怎样对待它，孤儿都是内心自有一番主张。只好闷不作声，清理了它爹妈芳香的尸体，浇了浇水，把它爹妈的家宅原样留给它。

燠热空气里，百里香叽叽叽地叫着口渴，而薄荷则彻底蔫巴了。我将整盆薄荷剃光，枝条拣几根插到清水里养着。这种好脾气的小家伙，养养会认人，会生出白色的触角似的根来讨你的好。

趁清理露台植物的空当，我继续缝那条似乎永远缝不完的拼布腰裙。松栗色亚麻搭配火腿纹的棉布，裁成长条加以缀缝。一片亚麻接一片棉布。而针线穿梭，连接布片，好像荡树的男爵。

在卡尔维诺那个时代，听说树和树之间，树冠都是连着的，所以男爵可以从这棵树荡到那棵树，脚不沾地地把欧洲荡遍。

所幸男爵没有生活在我们这个时代，现今地球上的树木好比焦虑男人的头发一般稀疏。且不论荡树之前，须先练习蚱蜢般的弹跳力，即便荡树成功，光是交通罚单估计也得收到不少，况且时不时还有被人当成野鸟偷猎的危险。

坐在刚刚修剪过迷迭香的芳香露台，只是不晓得为何越缝越饿，大概是因为裙子的颜色像栗子蛋糕……如果没人非要我走出门去，我希望就这样坐在有风的露台上，埋着头生生不息地缝下去、缝下去，缝出好长好长的一条森林似的长裙，把整个陆地铺满。以此向卡尔维诺大人表达敬意，并祝福如今只能在纸上荡来荡去的男爵殿下快乐地生活在我们臆想中丰美的森林里。

装饰盒子

1. 马口铁的茶叶罐很好看，大小也正合适用来收纳小物件。但是盒盖上的商标看起来有些怪，那么……用吹风机加热商标表面，这样就能够轻松地撕下来。

2. 如果盒子上残留了商标的背胶，用洗甲水和化妆棉就能把胶擦干净。

3. 找一张有背胶的贴贴纸，用打孔机啪啪啪地打上许多孔。

4. 将打孔落下的小圆纸片按规律贴在盒子表面。

Tips：

·贴贴纸在文具店或者打印机耗材销售店可以买到，你还可以自己给圆片涂上各种颜色。

·或者，更省事一些，用市售有背胶的树脂钻石来装饰黑色的马口铁盒子。让人想起披头士有一首歌——《天空中戴钻石的露西》。也许假钻石就像真的星星。

1

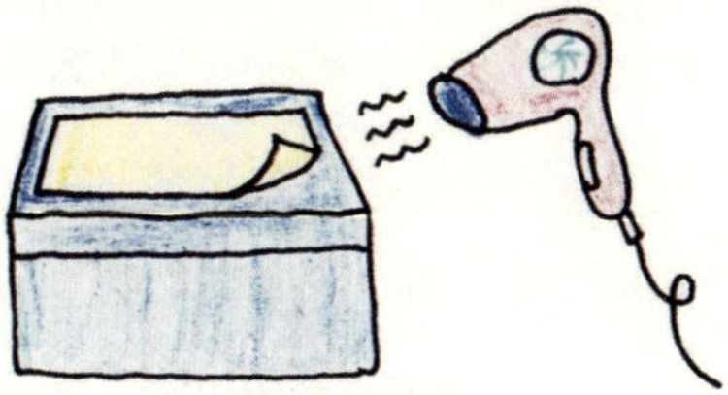

2

3

4

我小姨的夏秋

从那间露台望出去，只能看到一角天空。在城市里待久了，人常会怀念远方。我说的远方指有空旷视野的地方，也指久远的过去。

我小时候由外婆带大。外婆操持家务，因而惯常带着我玩儿的其实是小姨。小姨长我十二岁，我黏她就像鼻涕虫贪恋有露水的叶子，打清晨眼一睁便紧紧尾着，夜里也要搂着她睡。

夏天时我帮她提着脏衣裳去山上洗。山上的溪水洁净，尤其石缝内的积泉更是清冽。我曾见过溪水中的一条美丽小鱼，细看才发现只是岩石上的纹路而已。那时年纪太小，还不知道世界上有“鱼化石”这样的东西。加之常见，所以并未稀奇到一定要挖出来捧在手里。洗完衣裳两人蹦跳着下山，不时被树桠弹一下脑袋，或是被大个儿的螳螂吓一跳。鬼叫大笑着滚下山去，奔回自家院子里趁着暑气晾衣。这些迷人的夏日如今回想起来好像浸在水里的倒影。

入秋后，小姨带我去后山，那儿有农民种的豆田，我们提着篮子去田里捉“豆丹”。豆丹其实是豆天蛾，幼虫似蚕，以食豆叶为生，有成年人小指粗细。我很怕这些软不溜秋完全不能掌控的肉虫，所以进了豆田只敢盯着自己脚尖，顺带帮小姨提篮。小姨捉豆丹大概不能叫“捉”，得叫“摘”。因为豆丹太多，密密伏在豆藤上，若有风过，沉甸甸的豆藤不时落下几只。豆丹贪食，行动粗蠢，不一会儿就能摘满一篮。而我提着篮子紧张不已——即便装豆丹的篮子有盖儿，仍生怕虫爬出来。

回家后外婆拎几条虫放在青石板上，用擀面杖擀一下——尘归尘，土归土，皮归皮，肉归肉。豆丹皮呈浅绿色透明状，仍保有虫态。油炸后鲜美酥脆，可惜我不敢吃，单是想起就头皮发麻。虽然如此，我却喜食豆丹肉做成的菜。豆丹肉雪白，已看不出虫子的形状，与韭菜同炒奇鲜无比，烩汤也是一流。

白露过后，天气转凉。这时小姨伙同我在野外的空地上生火。稻杆子、草皮子皆可拿来烧。火上架一只搪瓷茶缸，里头滚着盐水毛豆。火灰里埋着小个儿的番薯，是从农田里拾来的。有时遇上收玉米的大婶，会递给我们两根。我们将玉米拿棍子叉上，烤着吃很香。

也不知哪里来的幸福，当时不觉得怎样。

微小的宝藏

少时我常去一座小镇度夏。

得闲的当儿与伙伴去临海的山上玩。山头上能望见极远极远的天边，芥籽一般的船静静驶过。它们在海面上静默出现，又无声地滑向地球另一面。山下岬角内翻涌的海水并不洁净，也没有迷人的蓝色，不过是一腔吐纳着泥沙的浑浊。唯有傍晚天色寸暗，海水上空才会映现明媚的孔雀蓝。

山上随处拾得明亮的石英，白色或是蔷薇色。也有极为透亮的，搁水里洗洗恐怕会找不见，将整盆水倒掉才咔嗒一响落出来。

镇上家家种着凌霄，有一些大概也并不是刻意种的，天收地长，于荒垣上攀爬，打浓绿的叶荫间吐出朱红花朵。此刻整座镇子成为一尾大鱼，身披海藻，背负着星辰一般的朱砂。当我在山顶上看够了海，回首见它，竟觉得其壮美不逊于隔山的海与天。

凌霄是一味中药，花采收后置于蒲席上晾干。蜂子在死去的花朵旁边围绕。少时的我坐在一旁吃西瓜，打着蒲扇，早已将这丧仪见惯。倒是在成为一个成年人之后，再忆起此景才有了微微的哀意。

并非为这半天的花儿哀，而是为那过去的时光迢迢不能复返。

时蔬小烫

在超市买了些新鲜牛胸回来煮汤。

煮汤的牛肉要选择带着一些肥肉的，汤才会香。用流水将牛肉洗净，切成五厘米见方的块，料酒、葱、姜腌一小会儿，入锅煮成汤，撇去浮沫，快起锅时再放盐。

此时牛肉，很香，很香。整个厨房里都蒸腾着肉汤的浓味。牛肉补气血，然而暑季吃的话略有些燥热，因而烹调的时候要格外注意避免油煎之类高脂高热的做法。且因炎夏的饮食以清淡为主，所以可以用牛肉汤来做简单的时蔬小烫。

这是道格外清淡可口的小菜，不会做菜的人也能很快完成。可以选用鲜嫩的叶菜，比如小青菜、茼蒿、菠菜、小白菜之类。将它们洗净沥水，快速地投入正沸腾的牛肉汤，当锅里的蔬菜叶子颜色变得鲜艳时，立刻捞起，略微地沥去汤汁，盛入盘中，再将切成末的榨菜和蒜茸撒上去。

由于从牛肉汤里带来了一层薄薄的牛油，所以不需要再另放油了，榨菜末又有咸度，所以连盐都不用放，上桌后直接拌拌就可以吃了。

味道清淡爽口，又不会给肠胃增加负担，这样碧绿清爽的菜肴最适合在今天这样下着暴雨的夏季品尝。

而牛肉汤呢？

由于汤表面过多的牛油被蔬菜吸走，所以牛肉汤变得比较清淡。这时可以再下一些大白菜，虽然现在并不是大白菜最好吃的季节，但我们还是在热腾腾的牛肉汤里吃到了甜丝丝的白菜！

那是隆冬火锅里的白菜的感觉，清甜的白菜叶饱含着肉汁。在夏天吃到了冬天的味道，像是种幸福的错觉。

时蔬小烫做法

材料：一把洗净的叶类蔬菜，肉汤，油，蒜末，榨菜末，香菇丁。

---

1. 将洗净的叶类蔬菜放入沸腾的肉汤里烫熟。可以先烫叶梗部分再烫叶片，熟后捞出。
2. 起油锅，爆香蒜末，放入榨菜末和香菇丁炒香。喜欢吃辣的人可以加一些辣椒碎。
3. 趁热将炒好的丁浇在蔬菜上，略拌一下。

TIPS：

·各种肉汤均可，素食者可酌情使用素食高汤。

·可以试试不同种类的蔬菜，如茼蒿、菠菜、木耳菜等。

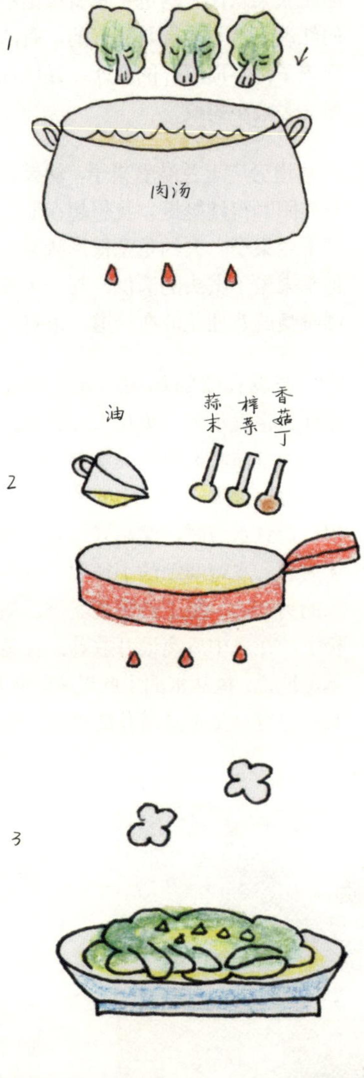

过莲塘

带孩子去看荷花，两人缓缓行过正午的烈阳下。构树上的红果子已经熟透了，因而太柔软，一落进手掌就染出星星点点的红色浆汁。构果是甜蜜的，有清香。然而孩子持不惯野外的东西，谨慎地舔一下便交去喂小蚂蚁。

道旁广玉兰结着果子，幼果落下来，被烈阳晒得硬挺挺。我想起在朋友家见过的玉兰果子，大约是觉得形状甚为奇特，他拿来做了案头的清供，与一大捧开得吵吵嚷嚷的八仙花放在一道，很有声色。

荷塘在路的尽头。远远看过去，却是什么也瞧不见，单见大片碧青，像可以跑马的草原。炎日高高悬着，蝉吵着，此刻只有远处那一片是宁静的。孩子稍有不耐，走到水边时，又高兴起来。接天莲叶无穷碧，水边细细的小径似乎可沿着走到天的另一边。眼下约摸是盛季，花瓣娇美极了，在风中离离地开放着。真美啊，她絮絮地说。风从水面上吹过来，携来清香。我不记得这是不是荷花的香气，但想到这样清明好闻，是不是倒不重要了。

日光很烈，在水边却不觉得热。有人挂起了吊床，在湖风里睡着午觉。一只巨大的白鸟从荷叶丛中腾起来，在我们的惊叫声中扇着翅膀飞去。路上遇见几个小伙子拾到一只树上落下的鸣蝉，作势要拿给孩子玩。她怕得很，尖叫着跺脚。对方抱歉地笑笑，几人轮流接过去放在手上，无一例外地聊起儿时有关鸣蝉的往事。

不远处，一个老头儿将长裤卷起来，缓缓向着荷叶深处蹚去，竟然就站在荷花当中折起了莲蓬来。水深只到他的大腿，然而即便只到脚脖子我怕是也不会下岸的——我大概是那种懒懒地赏着花儿，就会觉得很饱肥的人。

荷叶丛里的老头儿采完了近处的莲蓬，又往里头走了走。荷叶高过他的秃脑壳儿，让人觉得他快要融化在这绿叶当中。

忽然记起自己多年来不忍离江南，有很大原因是深夏的这一片荷塘吧。年复一年，我渐渐长大，又老去了，它依然那么美。

兜售吊床的人摆了些莲蓬来卖，我们停下来挑了几只。那人多送一张小荷叶，松松地倒扣在孩子的脑袋上。她喜滋滋地顶着这张荷叶，一时说自己是河童，一时又说是大雨里的龙猫。

我拉着她的小手归家，一路絮絮同她说别将荷叶弄丢了，回去能好好煮碗碧荷粥。到家将古种紫米浸一整夜，清晨以小火头煨着。荷叶切细丝，过进粥里，渐成清香糯软的馋人夏粥。

热的凉的都好吃。孩子更爱冰过，加两匙野山蜜，狠狠吃了一大碗。

立秋

屋顶

八月的暑季，因心情抑郁而随着摇晃的列车回到我偏远的出生地。

黄昏时躺在屋顶，整个天空那样那样的大，透露阴郁的浅墨色。我将头转左，就看见东山，山下的城隍庙已经翻新，山顶新建供奉文曲星的亭。将头转右，能看见西山，连绵起伏的山际，广袤的植被。山脊上两株孤单的树，彼此间隔得老远。

鼻尖吹过一些混含着山野青草味的风，眼前掠过一些鸟群，细看原来是剪刀尾的燕子。因为日间的曝晒，身下的屋顶有些温暖，烤着五脏六腑，于是心也跟着安适起来。

远处墨似的山，近处水流的声响，及邻家初生小狗的打闹声，这一些似乎都暗示着当下的我仿佛只是世间不存在的灰尘。

只想这样百无聊赖地躺在屋顶上，让整片天占据整个眼球。如此静谧的时刻，最适合什么也不去想。

然而我开始大煞风景地思考未来。

未来如同远方，永远在前方，且是永不可达的地方。

翻个身，趴在坚硬的屋顶石板上，一些灰尘附着在胳膊肘。墙下爬上来的藤本植物，触角温暖，生命力顽强。

表妹带着短波爬上屋顶来调音，一串串各国语言，在空气里飞掠而去。

在旧庙那里发一会儿呆，田野的风吹过来又吹走。我想起很久很久以前的那个老和尚，他对年幼的我微笑。一些年后他死去，庙后多出一座坟，工整的石碑，高高的茅草。

一直以为不会变的那些人与那些事，原来消失得那样安静，原来长大的我都来不及对他微笑，与他交谈。

天那样那样高，人世间如同一只空荡荡的玻璃樽。除一些风轻缓地经过田野，经过茅草，经过石碑上他的名字之外，什么也没有。

纳凉

旅行时住在朋友家。南方小院，四方形。

入夜后在树下纳凉，与朋友聊天，和蚊子打架。后者是相当不讨好的事，因为痛的总是自己。

竹藤椅，旧蒲扇，半杯冰激凌。从黄昏讲到月色渐盈天边三两颗星。中间喝了酒，竹叶青，小小一杯滚过喉间便以为自己身体很轻。轻到可以跃上树梢，摘一片月光裁一袭衣。

朋友也醉了，将想说的话唱成了曲子，仿佛头顶有许多开放着花朵的星星。

这当儿还能做什么呢，摇蒲扇，拍蚊子，耳边嗡嗡蚊语。酒力活泼，几乎可听见它在血管里奔流的声音。身体是否因此而变得更香甜？否则为何蚊蚋越战越勇而我越来越无力？

半壁麻木了。与朋友道别，各自提了椅子回屋。庭院里香蒲的味道把整个世界搅成一方湿润的毛巾，或是湖泊。人们在水下行走，来来去去。为何脚踏在石块上觉得温热呢，低头细看原来丢失了一只鞋子。

回身向后，草丛里，树根下细细找寻却不见它踪影。此与彼的失散就此开始，连鞋子都不能白头偕老何况人呢。

趿着一只鞋子回返。卧房里静谧无人，独一盏小灯伴熟睡的我到天明。

处暑

尾巴雨

九月尚未来，夜间已有了凉意。爽利的秋天渐近，尾随着一时又一时的雷阵雨。

年年此时的大雨常被我们叫作夏季的尾巴雨。这像个爱称，事实上跟“兔子的尾巴长不了”差不多，有点儿幸灾乐祸的意思。

我与尾巴雨并不熟稔。何况它汹涌顽固，脾气又臭，总爱以扑灭的姿态显世。古代的农人能观天候，从一小片云角得知明日的风级。如今世人忙得要命（比如我），自然没空同天候交好（再说也看不到星）。于是这晚，尾巴雨将我淋个正着。

这夜恰逢盂兰盆节，树影鬼魅一般向后快快退去，我埋着头前行。雨其实并不大，雷声倒像迫在耳际。“等爬过这个小山坡，就可以到家了。”我想着。

［落大雨的天，若无意伴着雨声入眠，那就做做手工活儿——譬如用橡皮刻一套字母章。］

在抬头的瞬间恰好看到一道巨大的闪电，就像一道天空的裂痕横亘在天边。

这是我第一次看到横劈的闪电呢，真是美到极点。像是雷雨夜的脉搏，又像个将整个世界瞬间点亮的、令人敬畏的神灵。

谢谢你啊，尾巴雨。

她是夏天的最后一下弹指

九月初始的夜里，窗外呼呼的风声大约是它们约定的私下交谈。到了早上，风又将约定的结局公布于天下——秋天来了而夏天退向更南的地方。

前一天我还穿着夏装在街上走，今早出门时却被冷风吓了回来，进屋换衣服的同时顺便将园丁割草篮里的一枝马兰收养。她是夏天的最后一下弹指。

养在山泉里的花，也许能活较久。

非常大的寂寞

一直到现在我还记得那天。那天的天气阴沉沉的，我忙着给孩子织毛线帽，一边不咸不淡地听着广播。征婚节目的女主播声音听起来像一条黏湿的蛞蝓，语调总拖着潮湿的尾巴。

二十一岁的男生打电话来想认识合拍的女生。四十七岁的鳏夫在介绍完身高体重之后追忆亡妻，愿择小六岁的女士为偶。“蛞蝓”说，好的，我们来接听下一个电话。

他就是这个时候出现的。

“我是个盲人。”他说。

他的声音有点儿抖，有点儿结巴，有点儿木讷，是个听起来踉跄的声音。“我是盲人按摩师，我一米六三，我有手机，我的号码是□□□□□□□□□□□。”磕磕巴巴地说完之后，他停了停。

女主播问：“这位朋友，你想要结识什么样的人呢？”

“我，我，我……人善良就可以了，我会对她好的。”盲人说。

女主播飞快地将盲人的号码又重报了一遍。“好，我相信这位朋友的愿望一定会实现的。接下来……”

就在女主播打算接听下一通电话的时候，他突然又说话了，“请不要给我发短信，因为我看不见……”他有点儿焦急地说。他的尾音是被掐断的，就像个不知去处的云团，消失在电台广告里——原来是广告时间到了。

此后我再也没听到这个人的声音。然而当我站在高楼上俯瞰这个城市，当我过马路，当我走在街上踩到盲道，我常常会想起这个人。他是不是还在等人拨通他的手机？或者他是不是已经找到了他的善良女人？那天之后，兴许他将手机的响铃调到最大，外加震动提示，每次来电他都急着接听，也可能每个来电都令他紧张万分。他愈加频繁地请旁人帮他看一下有没有别人来的短信，“万一电台没把那句话播出来呢？”他自个儿在心里为那个善良女人的迟到开脱着。

我想他一定是个非常、非常寂寞的人。

有些人寂寞，却讨厌旁人打扰他的寂寞。但是这个人，他仿佛寂寞得千疮百孔，着急地指望着有什么东西来填塞破洞。嗯，如果寂寞有高度深度广度之分，这个人的寂寞比起你的我的似乎更甚。你只不过是寂寞地翻翻报纸，我只不过是寂寞地在织毛线帽。在他非常大的寂寞面前，我们的寂寞仿佛不值一提。

前天晚上，我在回家的路上遇见一个盲人。我把车停下来歇了一小会儿，看着他走过绿灯。他孤身一个，拄着盲竿佝着身子慢慢地走。我想他不是他，虽然他的盲竿同样地将整个夜晚敲得越加清冷。

记忆之书

我翻到一本旧的旅行日记。有一年秋天在 Twin Lagoon，说是潜水，其实我潜不下去。

海水碧青，从水底望出去，看见天空也碧青。人世纷扰，海中却最是清净。同伴伤了脚，留在船上休息，因而独我一人沿着水流游向远处的隘口。摆动着脚蹼越过低矮的隘口，海水由深渐碧，珊瑚愈来愈近，仿佛触手可及。耳旁唯有自己的呼吸，当真探出手去，却空荡荡一无所凭。

越游越深，渐渐无法看见海底。我悬浮在深渊上方。

天地过于宏大以致无形，唯有此刻才知晓自己渺小亦乃至无形。闭着眼睛向深深海沟跌入，人世的一切渐渐远离。几乎忘记了所有——一生中的快乐或者哀伤，又或未能实现的希翼。四周空无一物，唯有万千光线如同雨丝从身后垂入幽深尽处。光线恍如穿过身体，仿佛肉身消弭。

海水冰冷，热血滚烫。这奇异幻境几令人停止呼吸——直到察觉自己就要死去。听觉在沉默中变得灵敏，不平稳的脉搏、沉重的心跳。望见大群的水母在更深的海水里舒展。它们轻缓温柔，在生与死交界的大门，柔软的触手与轮廓饱含诱惑。

我看不见来处，也望不见去路，只有茫茫蓝色光线圣诗一般经过。头顶日光昏暗却又灼热。

这是海洋的馈赠，一个比佛堂更能安抚人心的所在。

惊觉沉迷太久，回过头向着水面上浮。渐渐能望见珊瑚和鱼类。踏上被日光晒得滚烫的舢板，我回到了人世。

回到人世，忙于生计，吃惯常的饮食，在夜晚入眠清晨醒来，手持旧的旅行日记在灯下发呆。

继续作为这样普通的人，生存着。

一定曾有什么，被我遗留在了 Twin Lagoon，不单单是那座深渊而已。天地曾给我一个机会，叫我记得那魂灵安宁的片刻。

却被我遮蔽。

[Twin Lagoon]

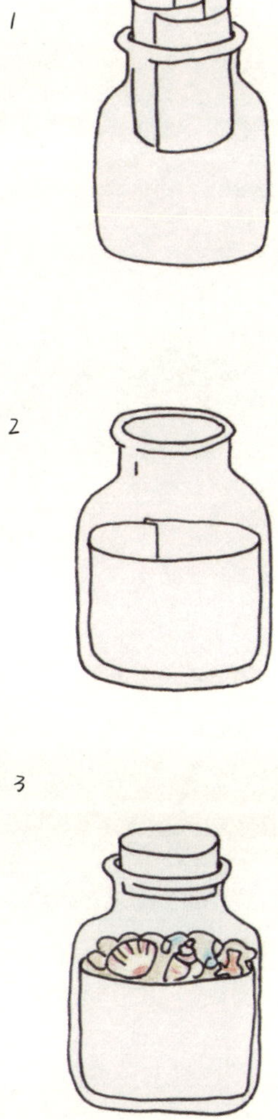

旅行记忆瓶

1.旅行中的照片冲印或打印成长条形。卷成圆筒状，塞入玻璃瓶。

2.进入瓶肚之后，照片会自行弹开，紧贴瓶壁。

3.投入旅行中拾来的小贝壳、珊瑚碎片、旅行中采集到的风干花朵、奇特的门票之类的纪念物，盖上瓶盖，完成。

白露

野地里来的野薄荷

有小雨的下午，和它在野地里相遇。

它的花是浅紫色的，细长茎，截面正方形，叶子很香很凉，放进水里，一会儿杯子里的水就有了轻淡的香气。这香气闻了会像月光一样漏进心里，像水一样流淌。

这种迷人的唇形科植物叫作薄荷。我小心地摘了它的一根枝条，放在留了少许水的矿泉水瓶子里带回家。期盼着等它生了根之后就可以移植到花盆里。

回来后将它养在洗干净的玻璃杯中，放在阴凉而通风的地方。每天换上洁净的清水，约摸七天后，它就生出又白又细的根茎。而移植呢，若是如今九月的天气，怕是得等到傍晚落阳，炎热退去之后，再将它小心翼翼地种在花盆里。忍不住动作轻柔，因它那些新生的细嫩根茎呵，真的很像婴儿的小小手指呢。

接下来的一周，将它放在阳光无法直射的地方，让它渐渐习惯泥土的营养。野薄荷是种生命力旺盛的植物，生长、繁衍，直到占据整个花盆，直到为路过阳台的轻风添上薄荷香。

香草的扦插培育

1. 在野外遇见野薄荷或其他品种的香草想要带回来种植的话，可以选择看起来健壮，并且没有花苞的枝条剪下。

2. 摘去枝条下部的几对叶子，放在矿泉水瓶子里带回来。瓶子里应留有一些水分，以保持枝叶的生机。

3. 到家后，将枝条养在洁净的玻璃杯里，水位以触不到叶子为好，否则会引起叶片腐烂影响水质。放置在靠近窗台有充分散射光，且阳光无法直射的地方。每天更换洁净的清水并清洗容器。在大约十度至二十五度的气温下，一周后就会生出健康的白色根须。一旦发现有根须长出，就意味着可以移植了。

4. 选择透气性好的陶盆，盆底铺设防虫网、利于排水的蛭石，装入干净无菌的新鲜土壤。浇透水，再将薄荷苗小心植入，根系附近的土壤略微压紧些，以防倒伏。

5. 置于阳光无法直射的地方培育，三天内不要浇水。一周后如果苗株看起来很精神，说明扦插成功。这时可以正常采光。一周后摘心，以利侧芽的生长。

TIPS：

· 天气太冷或太热都不适宜移植，最好选择春秋两季。

· 请在根须长度不超过 1 厘米之前完成移植，因为根须过长容易使移植失败。

· 请使用花木市场或商店里出售的经过灭菌处理的新鲜土壤，以免在培苗期间发生虫害或霉变。

手持坚果的人

秋天时，野核桃树落了叶，显出枝头硬邦邦的果子。待下过一场雨，果子就会落地，落在草丛里裂开外皮，露出里头坚硬的果壳。人在树底下走，常常会踢到几枚，骨碌骨碌地滚到一边。

被雨水泡裂外皮的野核桃两头细尖，壳儿倒还挺硬。年少时，班上的男生爱将野核桃的一头磨平当陀螺耍。玩法是中指和食指紧紧夹住野核桃，两指互拧后猛力弹开。野核桃便踮着脚儿跳到课桌上笃笃旋转。胜负自然是由旋转的时间来定，以坚持时间最长者为胜。

也有馋嘴的人，一边玩儿一边将口袋里的野核桃咬开来吃掉。与市售的核桃不同，初冬时树上刚落下的野核桃仁有着丰美的汁水。吃起来脆生生的，果仁外层的薄衣儿虽有些涩口，尾声却回甘。初冬快到放学的钟点，年少时抽节拔苗的饥饿身体躲在课堂角落不知偷食多少，全因邻桌那个男生家附近的河边生着几株核桃树。

“哎……接着。”他低低唤道，一只纸包无声地掷过来。打开来，里头是剥好的整只核桃仁儿。

毕业后渐渐失去联系，然而我始终记得那些情谊，也曾同人提起那些自习课上躲着老师吃核桃的傍晚。溶溶落日垂在天际，远处树林间沉着淡薄的暮气。新鲜核桃甘美而生涩的汁水，全混在我一腔胸膛里。

前些年在路上偶然遇见他。青春少年已然中年发福，笑容依然温和。我多嘴问了一句你还住那儿吗？

他回说拆迁了。似乎知道我想什么一般，又说，那些老核桃树也被砍光了，很可惜。

在知道树的命运之后，我与他仍是笑笑道别。然而转过身独自走在街道上，心中却好像断了一根细细的弦。仿佛那些树连通着过去——若它们生一日，那回忆便是活生生一日，只消择一个初冬的日子，走过去，渡过那条小河，便能重新拾得与年少有关的一切一切。然而我收获了树的死讯，回忆终于显得远了。此后的初冬我仍能得见与年少时一样的夕阳、一样妖怪手指般伸向天空的树梢。只是，兴许再没有任何一种果子能唤回年少时那些傍晚的滋味与知觉。

那就好好记得吧。

［河畔葱兰依旧。］

葡萄醉了

眼下是酝酿的好季节。

九天前，我从一个打瞌睡的女人手中买了一些葡萄。都是些不够成熟的浆果，单吃的话有些酸，但若用来酿酒却是极好。

八天前，我把洗净晾干的葡萄一粒一粒捏碎，与冰糖一并投入广口玻璃瓶里，藏在厨房避光的地方。做饭的时候，常常闻到空气里除了菜香，还飘着鲜葡萄的酸甜气息。

五天前，我将耳朵贴着玻璃瓶，听见瓶子里的葡萄在歌唱。其实，在浆果破碎的那一秒，发酵就已经开始了。

四天前，我打开瓶子，用木勺把浮在表面的葡萄按压下去，瓶子里已经有酒味，葡萄的味道闻起来很甜。

昨天，我洗了一只小口玻璃瓶，用沸水烫过，晾干。

今天，四层洁净的棉纱过滤出了这瓶液体，迷人的石榴红，像刚刚沾过少女的唇。将酒瓶密封，套上黑布袋子，藏在很深的柜子里，再经过为期三十天的后期发酵和二次过滤，它将成为一瓶真正的、清澈的粉色红葡萄酒。若是放得更久，它的香气将随着时间的推移而愈发甜美醇厚。

做完这一切，闻到整个房间都飘着葡萄酒的甜蜜香味——酝酿真像是有魔法的事。

我是个认真的酿酒师，每一粒葡萄都经过手工严选，每一颗添入的糖都是精纯的冰糖，每一件工具都洗净晾干，并严格恪守发酵的最佳温度和时间。

所以，这一瓶美味的红酒，大约是九月对过于认真的我的最好奖励。

酿葡萄酒

1. 第一天，葡萄洗净，放在通风的地方晾干。

2. 将捏碎的葡萄连汁一同放入干净的广口玻璃瓶里，再放上冰糖。葡萄和冰糖的比例是5:1，盖上盖子，注意不要密封。

3. 第四天，用木质的匙子把浮在表面的葡萄皮按压下去。盖上瓶盖继续发酵。此时液体表面可能会有些白沫，是正常现像。

4. 第七天，洗净一只小口的玻璃瓶，并晾干。

5. 第八天，用棉质纱布或滤纸过滤出葡萄酒。

6. 盖好瓶盖，放入深色的袋子里，在十多度的凉处进行后期发酵。

注意：最初的一个月要每隔几天打开瓶塞放气。

1
2
冰糖
葡萄
3
4
5
滤纸或纱布
漏斗
6

木堆的迷宫

少时我住在河边，河水总缓缓流着。有一年不知谁在河边堆满圆木。巨大的树干被整齐地堆垒，没有遮蔽物，由着日晒雨淋。每到放学后，院子里的小孩去木堆当中嬉玩，我当然也去过。走进去会闻见木头的香气，那香气很美，却又有点哀伤。木头一放数年，日久那香气浅了，也变了些。陈木堆的气息更复杂，在那木堆迷宫的里头不同位置的气味是不一样的。

冬天的时候若是落了大雪，木堆远看像松软好吃的奶油蛋糕。我常想着若有个巨人来，没准儿真会如此将它食尽。到了夏日，我爱见那些木堆长出木耳、各样奇怪形状的蕈子，只是没人敢吃。也有各样虫蚁与迷奇的野草，不晓得什么时候在木缝里挤挤挨挨地住下了，越来越多。我也不晓得，那些泥土是怎样来到木堆上的，它们成了野草的温床，给木堆长上了绿色的头发。木头的脸长在两端。圆滚滚的，一圈一圈的年轮朽了旧了，就显出更深刻的印痕。所以那些脸，哭着，笑着，有的噘着嘴巴，也有的同过去一样，平平整整，什么表情也没有。

初夏常见蜻蛉停在草枝上。蜻蛉又被人叫作豆娘，外形与蜻蜓相仿，只是小上许多，起落轻盈，即便停在草尖尖上，草似乎也并不会摇动。蜻蛉很美，火红、孔雀蓝、明黄或翠绿。我曾收集各样颜色的蜻蛉，事后握着小小的尸体，又觉得懊悔。现在想来，这便是“孩童的恶”。我将蜻蛉们收入小纸盒，埋进木堆的迷宫。只是此后，不太愿意进木堆玩了。木堆陈腐的气息、阴暗的青苔，那是一座蜻蛉的巨大墓穴。

沉重、丰美，它是我心里的一个洞。

鸭四件润燥汤

将鸭掌与鸭翅各一双并称为鸭四件，是南京人的说法。

制作鸭四件润燥汤需要的材料有：淘米水（用于泡发木耳）、木耳、金针菜（又名黄花菜）、植物油、姜片、鸭四件、黄豆芽、豆腐、少许盐。

1. 使用淘米水，能将木耳泡发得更加松软可口，木耳表面的尘垢也更容易洗净。

2. 泡发金针菜时加少许盐，可减少农药残留。

3. 锅中放少许植物油，油热后将姜片与切好的鸭四件入锅略翻炒，再加木耳和金针菜同炒。

4. 锅中食材变色后，添入黄豆芽、豆腐，加沸水至浸过食材。

5. 盖上锅盖，小火煲一小时至汤色雪白，依口味自行加盐即可。

TIPS：

鸭肉性凉，搭配木耳、金针菜、黄豆芽、豆腐这四样蔬材，所得汤汁稠厚雪白，鲜美宜人。这并不是南京人家常的汤，而是我的家人依据孙中山先生的素四物汤结合南京当地的饮食习惯变化而来。最适合喝这汤的季节是秋天，滋阴润燥。

1

2

3

4

5

秋分

我在银河听过你

雷声后，天空变成米黄色，世界变成红茶色。窗外开始落雨，很细的水滴密密落进合欢树的叶子里。

重复地听着一支曲子，很想见一个人。

从零岁到三岁，我一直同她厮混在一起。连生平第一支歌，恐怕都是因她唱起。

站在小镇供销社的门口咿呀啊地唱，可能有旋律，可能没歌词。手拍在一起，倚着墙，小腿肚在泥墙上蹭来蹭去。不远处有竹竿，晾着被子或是床单。我们离开墙，在被子下面钻来钻去。我曾在梦境里重回这场景——她梳着好看的小辫子，我呢我看不见自己。

小学二年级还是三年级？我学会绣花，第一件作品是白手帕上的红色海鸥，以及两个红色大字——友谊。

真土，可是多么热情。

她年纪只和我相差少许，她是我生命里的第一个朋友，她生得很美。

听那支缓慢的曲子，在红茶似的天色里为她缝一条蛋糕裙。次第的花样，密匝匝的蓝，为她将临的生辰。

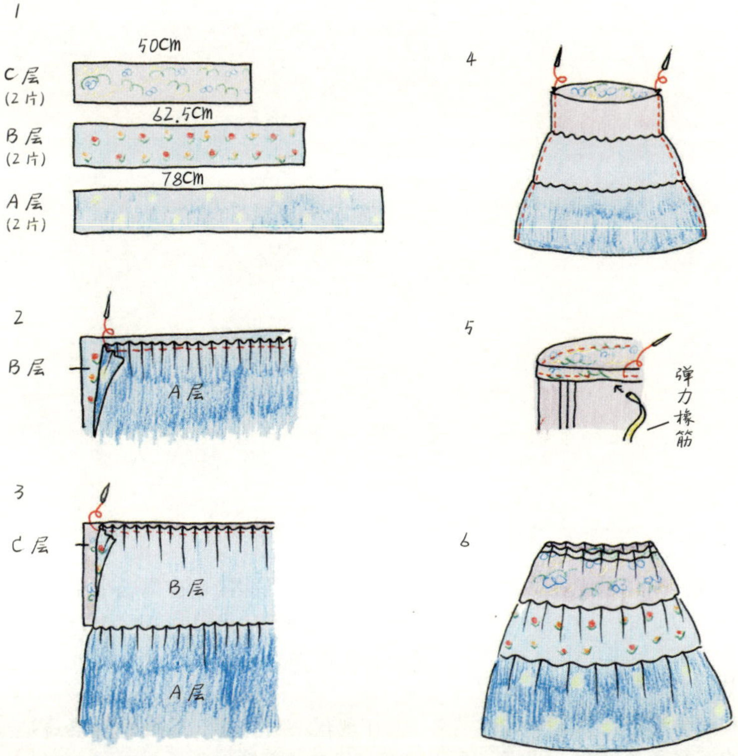

塔裙

材料：布料（以薄棉布为好），针线，剪刀。

---

1. 对于第一次缝裙子的人来说，最难的可能就是裁剪了。不过塔裙的裁剪比较简单，只要记得下一层的宽度总是比上一层多出大约 25% 就可以。如图裁剪出 A 层、B 层、C 层各两片。

2. 先正面相对地缝合 A 层与 B 层。缝合时，A 层抽褶后与 B 层的宽度一致。

3. 同样的方法缝合 B 层和 C 层。

4. 依样做出另一幅裙片。将两幅裙片左右缝合，形成裙子的雏形。

5. 裙腰处内折，缝出通口，并穿入强力橡筋。

6. 最后将裙摆内折缝好。

七月亨菽

白露过后，天气转凉，阳光在大地的停留也变得短促。

农人正收割最后一茬稻谷。即便在没有大棚的古代，这个季节，我们仍将有幸品尝到丰产的玉米和落花生，以及在秋风中日渐衰微的毛豆。

将这些被土地公公护佑而格外美味的应季果实在清水里濯净，玉米切件、落花生捏口、毛豆剪去尖角，与加了海盐的水一同煮。若家中丰足，陶瓮里或许还摸得到往年余下的尖椒干、茴香和花椒粒。当水汽中的豆子清香与又厚又暖的香料气息一同氤氲在小小的灶台，那一锅秋天就煮好了。

这些，只是诗经中的场景。

诗经《七月》中，有“……七月亨葵及菽……”这样的句子，难免让人想到守在灶边忙碌着的，会是个什么样的女子。然而与我的描述在你脑中生发的温馨场景完全不同的是——《七月》传递的远古声音是无奈而悲凉的调子。

在现代，与“葵”最接近的菜蔬是木耳菜，而“菽”指的就是豆类。譬如“戎菽”，是指童年鲁迅看社戏时吃的罗汉豆，它亦被人称为倭豆、胡豆，还有个更广为人知的名字叫蚕豆。

你看，在这儿，语言的变迁成了丈量时光的尺子，唯有每一年应季的食蔬，仍与往年一样的生长和成熟。

我们呢，也不知从哪里来的幸福，心安理得地坐在尘世中，背对着人生，吃这一盘当季豆子。

当我们当季，同样生长。当我们当季，同样成熟。

同样被岁月咽下。

盐水杂豆

选择新鲜的毛豆、落花生、玉米，分别洗净。

锅中注入清水，水沸腾后放入盐以及茴香、花椒、尖椒干少许。

放杂豆入锅，以中火煮约二十分钟，为了保持毛豆的碧绿色泽，请不要盖锅盖。

煮好后，将杂豆捞出，待锅中的汤汁冷却后再将杂豆重新浸入，置入冰箱 24 小时便浸泡入味即可食。

请再来一碗
醒目浸

每次回娘家仿佛总能发现一些变化。例如那盆叫作观音莲的植物，我离开不过半个多月，竟分出几株新的小芽；若站在屋中央叫几声哒哒，小小狗就连滚带爬地从某个角落钻出来，扑向脚下，持续地亲吻和啃咬，然后被抱，而上一次见到它，它还只是个初生的狗狗，连眼睛还没睁开呢。不止这些，变化还包括窗外的风景变了角度——原因是母亲在阳台顶上新做了雨篷，落大雨的时候被水滴扑嗒扑嗒地撞着，间或又有空、空的声响。这样一来，就觉得雨又大了几分。起身伏到窗边，隔着雨水模糊的玻璃，望见槐树充盈丰厚的树冠上淅沥沥的水色反射着天光。

我就爱这样，将身子伏在有雨声的窗台上一边望着，望着，望着窗外碧绿的槐树叶子；一边就会很想立刻吃到醒目浸。

若是在这样的天气吃醒目浸，想来一定会有更加清凉饱满的口感吧。

醒目汽水有些刺刺的气泡跟随着一路滚过喉间，总让人想念起夏日池塘被雨水溅出的气泡，一粒一粒飘浮着又迅疾消失；而浸着的苦瓜与藕条更清凉爽甜，就像这雨天呵。

母亲还贴着墙边支起一张木床。若是入眠，原本的平视变作仰视，从而得以忽略城市里的灰色楼房和杂乱电线杆，单见到滢滢的蓝天和慢吞吞的几片云。

说起来，这是我出嫁前睡了十多年的床，与当年触感一模一样，不同的是，如今在晴朗的夜里睡这床，看到的不再是天花板上的夜光星星，而是透过纱窗渗入的真正的星光。其实见到的也不单单是星光，还有种植在阳台边沿的一排植物，它们把脑袋支在窗台边沿，高度恰好让你望天的视线触碰到一些绿。先是大片的芋叶，这些水迹形状的大叶子，令人总以为自己睡在池塘边上；接着是月季，含苞，朝着天；它们之间，薄荷怀抱着香葱，在铁皮罐子里无声生长。夜色里每个叶片都细微，有风过去时戚戚地颤，又像是激动得难以自制的模样。

这些都让人更加地喜欢这视角。打开玻璃窗，拢了纱窗，隔得住蚊子的行径，也透得过细碎夜声——草间虫鸣与树叶碰触的响声。还有泥土里的青草香从鼻尖拂过去，让人睡得更沉，更沉，直到次日，次日。

又是一天啦。

1

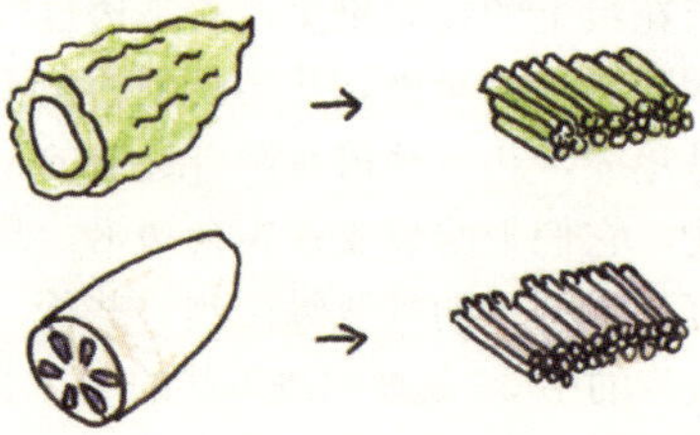

2

3

4

醒目浸

1. 苦瓜剖开去籽，与藕一同分别切成细丝。

2. 锅里的水煮开后，加入盐，将苦瓜和藕快速地氽熟。

3. 再投入冰水中，这样可以保持苦瓜碧绿的色泽。

4. 略微地沥去水分，盛在碗中，倒上吱吱作响的醒目汽水，就可吃了。

候鸟季

十月是候鸟南徙的季节。

候鸟和旅鼠一样，是一群多么幸福的种属，单单凭着天性就可以看到更多的风景。

十月的一天，我逆着候鸟的行程做一次短途旅行。如今能见到的候鸟并不多了，天空很空，只间或地飘着几朵白云。沿路农田里的稻谷还有最后一茬没有割尽。轰隆隆的火车从稻田之间鸣叫着滚过去，透过窗子看见一个农人在金黄透亮的田里劳作，身边还有小小的孩童在田里土豆似的翻滚。他们的身形被广袤的田地缩成了乌鸦般的大小，这样一来对他们而言世界仿佛就很大了，无论垂着头还是仰着脸都可见他们想见的。远方呢只有平原上的几株小树、若干矮屋，花边似的立在田埂上。

作为农人，他们拥有我们少见的风景，他们还拥有田野、池塘和植物，比如正枯萎的荷叶，中间立着褐色的莲蓬。那孩子的个子还不够高，也许还得爬上他父亲的肩膀才能看到更远的地方，然而他的视线不会被高楼挡住，他或许可以像禾苗一样拔节成长，在平原和田地里长成个舒展的少年。

这样一想我就觉得城市里的孩童不够幸福，他们的童年也许将与城市中的大部分孩子一样，只能在电视机前和幼儿园里渐渐消磨，或者，同我一样在鳞次栉比的高楼缝隙中看一看云。

月下清供

今年见到最大的月亮并不是中秋那晚的，而是数月前的一夜。餐毕从酒馆出来，朋友指向墨蓝天空当中皎皎明月。月光正盛，看起来就像是一盏扁的、薄薄的发着光的玉盘，由隐形的巨人稳稳高举。那天晚上我并未饮酒。站在这月亮之下，却好像有了些微微的醉意，它令周遭的事物远去，感知却更为灵敏，所以那远其实是更近了。

过了些日子，一个傍晚，我在池塘边见到一枚薄月，它淡得像一枚雪做的蕾丝边儿。

到了中秋，月亮兴许很美吧，我却没有去看。我吃了月饼，单在心里想了想过去所见过的月，觉得它真是千变万化。

寒露

对于素汤底我有个扬扬得意的秘方

我不是素食者，也不太会做素食。

烧荤菜讨巧，但凡原料新鲜，海鲜和肉怎样做都不会难吃，这就出现了一个无聊的推论——较之本身浓鲜的荤食，能将寡淡的蔬菜做好才是高功夫。再细推下去，关于素食好与不好，还有个分界——能将蔬菜豆类优美清灵的本性表达出来的才是好的素食；而弃之本性的做法欠妥。比方说，将豆制品做成肉食替代品。

久居金陵，四月樱花盛时不消说一定会去鸡鸣寺。待秋凉，则干脆登到鸡鸣寺山顶上，依着豁蒙楼的窗口眺赏银杏的金光与山间的岚。豁蒙楼的素面很好，梅汁或冰镇过的桂花酿也不错。我爱搭几枚僧人做的糕点，佐以山顶吹来的爽淡微风徐徐吃上一碗。

豁蒙楼的素面是江南常见的水面。配料无非是水芹、银杏果、胡萝卜、花椰菜，以及红色虾仁形状的魔芋，花花绿绿，十分好看。多年前同样是在豁蒙楼，就“僧人茹素为何要将蔬食制成动物形状，比如素鸡、素鹅、素虾仁”这样的问题与朋友讨论，结果不了了之。

之后，在一场佛教主题的展会上，我真见有将豆干制成“鱼香肉丝”“宫爆鸡丁”甚至鱼翅熊掌的。推销员用牙签递过来，热情地说着请试试。坦言之，我吃不出那不是肉，素黄花鱼也真是活脱脱黄花鱼的味与形。

我始终以为“追求拥有肉食形状甚至口味”乃是素食进化的误径，至多嘴素而达不到心素。

说回头，素食最好的做法是什么呢？沙拉是一种，清汤是一种，单将芋苗山药红薯蒸熟了吃也算一种。而弃了天生的清鲜，使些浓油赤酱，烀成一锅身份不明的食物，这是最为可惜的一种。

假日的清早起床，在心里想着“今天我要吃小刀面”，我便兴抖抖地揉了面，饧过，擀薄，切成细丝，以素汤下了一碗面。

对于素汤底我有个扬扬得意的秘方——撕成细丝的香菇腿、白菜心和两片灵魂一样关键的苹果小火焖上。等面揉好切好，汤底也成了。再将花椰菜与香菇落汤，煮面，热热地捧着吃掉。

我这碗，并不输给鸡鸣寺的素面，虽不曾有“红色虾仁形状的魔芋”。

1

2

3

4

5

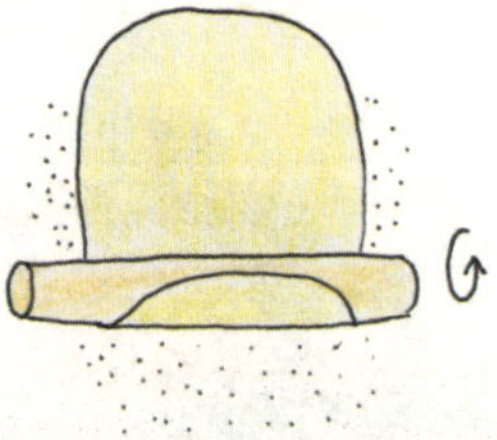

6

7

素汤小刀面

材料：面粉、盐、鲜香菇、植物油、白菜心、苹果、西兰花、胡萝卜。

1.四汤匙面粉里撒一小撮盐，徐徐添入清水。用筷子画圈，发现面粉可以搅出片状时先停放水，用手揉面试试是否可以成团。如揉了一会儿觉得面团还是很硬就再少少地添一些水。

2.揉面至盆光手光。面团揉得比饺子皮略硬些，放在一边饧着。

3.准备配菜：洗净花椰菜，掰成小朵儿。切一段胡萝卜，在其表面用刀刻出五条均匀的纵向浅槽，再切片就能切出樱花形。鲜香菇如果大就对半切块，如果个头小在香菇背上刻出十字星即可。

4.准备素汤底：取鲜香菇的腿撕成细丝，与白菜心、两片苹果放入锅中添水烧开，小火煲20分钟成底汤。

5.案板上撒面粉，将面团压扁擀成面片。面片两面都撒上充足的面粉，卷在擀面杖上会继续擀得更薄。

6.将薄面片轻轻折叠，切成面条，抖散。爱吃宽面就切宽，吃细面就切细些。

7.底汤的火稍稍拧大，面条直接下进灶上正滚开的底汤里。加盐、植物油。起锅时加西兰花和胡萝卜片稍氽即出。

TIPS：

·因为面粉吸水性有差异，所以此处没有给出精确的计量。揉面的时候请注意慢慢地加水，就不会将面和得很软。

·这是最为简便的家常手工面，相当于面条中的基本款，请根据喜好随意搭配蔬菜。

·肉食爱好者大可使用肉汤作底，一定会有惊喜。

般若汤与桃花酒

为免菩萨怪罪，古时有些寺院里的僧人将酒称为“般若汤”。比起“黄汤”这样的别名，“般若汤”倒显得清净。

“请教小师父欲往何处？”

“方丈命小僧前往王家庄请汤，置办钻篱菜……”

以上为该寺院黑话，翻译成江湖黑话就是——

“小秃驴，哪儿去呀？”

“帮老秃驴打半斤二锅头，切几块烧鸡！”

没有酒的人生是苦痛的人生，难怪苦行者总先从戒酒修起。而朝九晚五苦痛的我们，不如先从酿酒玩起吧。

在家酿米酒并不难，无非浸过糯米，笼屉上蒸熟，拢在干净的碗里，撒上酒药静置温暖处两个昼夜。此刻淀粉被根霉菌分解为糖，糖又被分解为酒。若是不管它，在未来的一周内，糖分将被根霉菌食尽，米酒也就酿成了。然而我家贪食，通常等不及出酒，初成醪糟便吃干抹尽。

醪糟在江南被叫作酒酿。平常人家惯用酒酿冲蛋，或煮酒酿与糯米粉团的小丸子同食。旧时街头常有敲着竹梆子的贩子推车来卖，所售酒酿清甜，且依照解放前的老规矩，将糯米饭墩在小碗里发酵，酿成的酒酿如同薄月。两元一份，生食甜糯极了。

比起市售，我做的酒酿倒显得甜腻。不知是糯米品种还是酒曲的原因，做成的酒酿足足甜到十二分。吃时须加冰块兑过，入喉才不至齁人。

有时发酵中的酒酿还会忽然显出浅浅的粉红色。据说古人将做出红色酒酿视为吉兆，还给了个很美的名字叫作“桃花酒”。比起“般若汤”，“桃花酒”显得江湖气，让人忍不住臆测这名字背后有着何等惊人的情事风生水起。至于酒酿呈红，我的推测是——有一小撮红曲菌小分队混入了酵母大军，并在那儿生活得很好。

红曲是有益菌，人们喜爱的玫瑰腐乳就是加了红曲，拿来佐粥极美，或馒头片上薄薄抹一层，烤硬了吃也好。

酒酿

1. 糯米洗净，泡过一夜之后，上笼蒸熟至暄软。

2. 放凉至30摄氏度，在糯米饭的中央用干净无油的筷子掏个拇指大的小洞。放入酒药。

3. 夏天可以放在有阳光的地方保持30摄氏度的温度，冬天需要加棉被保暖。等到糯米饭变软，散发出甜酒香味并且渗出液体就表示酒酿已经做好了。

TIPS：

·酒药又叫作酒曲，南北货店或者商店里售卖调味品的柜台会有，网购也可以买到。

·制作全程需要器皿洁净，无油无生水。

九宫格靠垫

九宫格可能是最简单的拼布样式了。九片相同大小的正方形，每三个缝在一起，再拼缝成一整片，就是个完整的拼布单元。虽然简单到只需要两小时就可以完成整只靠垫，却是种很有几何美感的拼布样式。如果注意配色得当，就绝对不会做出失败的作品。

我喜欢在和女友聊天时做些简单的针线，就比如九宫格。

对方也是个喜欢拼拼缝缝的人。一边聊天，一边在布头篮子里寻找中意的碎花布。两人一同剪裁，一同做针线，一边有一搭没一搭地说着零零碎碎不着边际的闲话。那些话语和故事，就像是跟着手里的布片被针线连缀在了一起。直到过去很久，某个困倦的下午在沙发上醒来，看到靠垫上那些细细的针脚，还能回想起另一个下午——窗外疏淡的云和漏进来的风，还有她一边做针线一边说笑的样子。

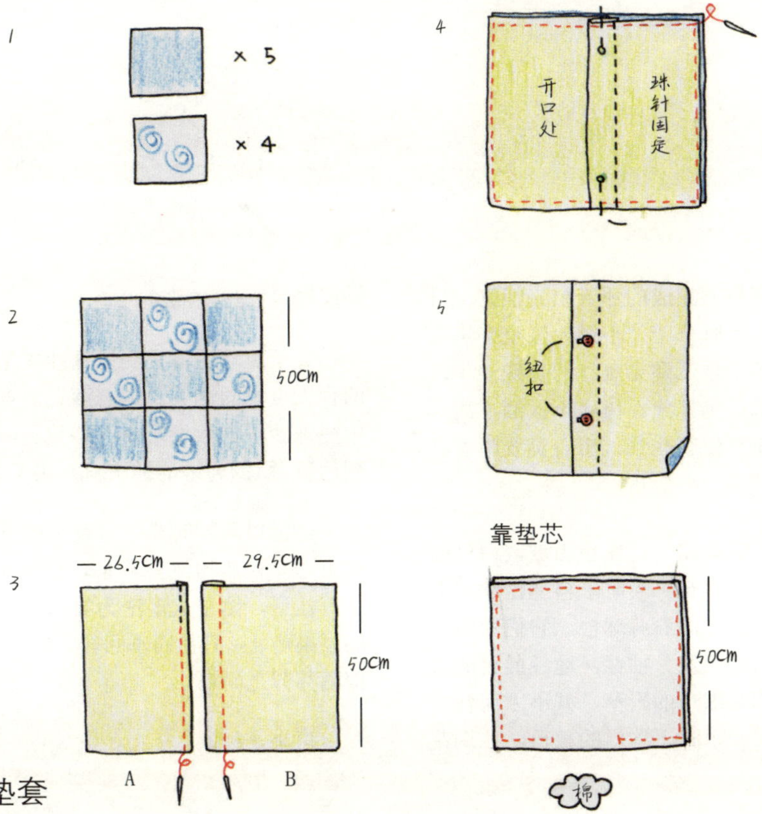

靠垫套

1. 裁出大小相等的正方形布片。

2. 拼缝成九宫格图案的正方形布片，这就是靠垫的正面。以下以边长 50 厘米为例（未含缝份）。

3. 靠垫的背面高度也同样是 50 厘米。如图 A 片的宽度应为 26.5 厘米，B 片的 29.5 厘米（未含缝份）。A 片一侧内折，缝边。B 片折出 3 厘米宽的边，缝边。

4. 如图交错 A、B 片，用珠针固定好，与靠垫的正面布片重叠，缝合四周后，取下珠针，从开口处将靠垫套翻到正面。

5. 在开口处开纽眼，缝上纽扣。

靠垫芯

两片边长为 50 厘米的布正面相对，缝合四周，留一小口，形成一只布袋。像翻袜子那样，将布袋翻到正面，从开口处填入棉后缝合即可。

时光赠礼

紫苏梅酒酿成的那天阳光很好。日头斜落，秋时分明。小径一侧是开满黄色石蒜的山坡，偶见血红的曼殊沙华，风中离离摇晃。我在树底下饮酒，甜入喉，一小杯便有些晕。想着莫要睡着，还是困顿了一小会儿。

春季时曾路过这座小山坡，白色的悬钩子正开着花，当时未料那松软泥土下竟有这样多的石蒜球根。它们用整个夏天的时间萌发、抽芽，途经此处的人们只当那是细巧的野草，并不因而驻停半刻。只到了眼下这样的秋日，才烟花一般爆发，炸响周遭。

金子美玲的诗提到曼殊沙华是地下的亡人点燃的烟火。带着酒意清点花丛中曼殊沙华的数量，竟有些数不清，想到这里，默默为地府的庆典高兴了会儿。

诸世以降，时光才是最大的王。朝代更迭，人非物何尝未非？爱恨别离，少有佳话，倒是大多沦为笑话。兴许王的温柔赠礼，只在四季回转、花开花落、梅酒芬芳之间吧。

再来一杯？

紫苏梅酒（春夏之交酿制，寒露时酿成）

材料：青梅，冰糖，基酒。

1. 将青梅置于水喉下洗净。

2. 将洗净的青梅置于洁净的布上，晾至表面无水分。

3. 仔细地将每一只梅子的果蒂去除，并用牙签挑去蒂部残留的黑圈渍。

4. 取干净无油的广口玻璃瓶，按照一层梅果一层冰糖的方式逐层累加。梅果与冰糖的配比为3:1。全部放好之后，倒入酒液直至没过梅果的顶端。

5. 浸泡数日后，冰糖融化，梅果周围出现气泡并上浮。此时可采收紫苏叶，洗净并晾去水分。将紫苏叶浸入梅酒。每隔两周捞出酒液里的紫苏叶，换入新采的紫苏。如此三番，酒液紫色渐浓，紫苏特有的微辛香气也被析入酒液。酿至寒露，瓶中原先上浮的梅果渐渐下沉，果实内部的果汁渗入酒液，梅酒酿成。

TIPS：

· 如不放紫苏，制成的即是原味的梅酒，口感清雅，也很好。

· 关于基酒：本配方使用的基酒为市售的伏特加或酒精度数为40度以上的“清香型”白酒。注意在挑选基酒时避免选择标签上标注了“浓香型”的白酒，以免酒味太烈掩盖了梅酒的芬芳。在酿制完成后，梅酒的酒精度数会降低。不善饮酒者可选用度数稍低的基酒，酒精度数低于20度的基酒在酿制梅酒的过程中容易出现腐坏。

· 青梅在五月间成熟，酿梅酒时选用未完全成熟的青色梅果为好。

· 不同的家庭浸泡梅酒有不同的习惯，如梅果先用粗盐搓过再洗，又如梅果先用沸水氽过再泡，家家不同，各有千秋。如有兴趣，可多加尝试。

· 个人认为果实在浸酒之前无须扎洞。梅酒浸泡的原理是在糖和酒精的作用下，果实内部的汁液徐徐渗出与酒液相融。融合原理为内外渗透压不同导致果实细胞壁被破坏，并非果实被人为扎了许多洞。意即，您扎不扎洞，酿制结果并不会有太大差异，当然，如果您觉得有趣而给果实扎上各种图案，倒也无妨。

· 浸泡过程中梅果变黄、起皱都是正常现象。

· 梅酒浸制一年后口感会更加柔和顺口，不妨多加耐心，再等等。

· 更换紫苏叶时捞出浸泡过的紫苏叶，用于烧鱼味道很妙。

· 饮用梅酒时可直接饮用，不擅饮酒者宜搭配冰块、苏打水。

· 紫苏发汗解表，理气宽中。紫苏梅酒混合热水饮用，可缓解风寒感冒、胸闷呕吐。

1

2

3

4

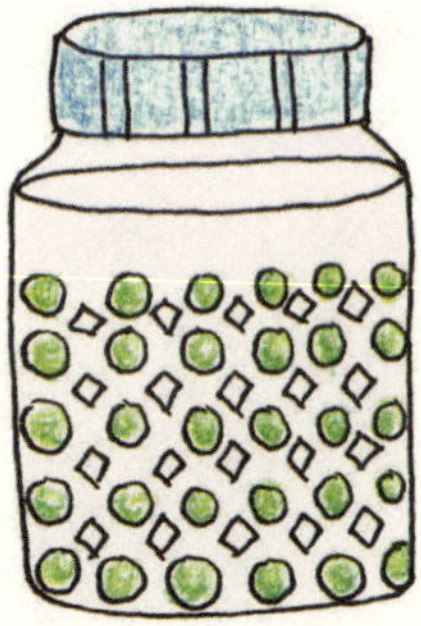

5

霜降

坚果的歌声

真爱这季节。

每天下午去公园的路上，在巷口买一只小小的烤山芋，一边走一边吃。要选捏起来滚烫稀软的，吃起来才会非常甜。

卖烤山芋的是个老人，推着一只烤炉，停在巷口。卖的时候不作声，大约单单飘得满街的香气就是最好的吆喝。炉子上堆着老远就散着香味的山芋。圆铁盖子微微错开地压着，缝里可见炉子里头红红地冒着火。当下的天气还不够寒，等到一张口就冒出白汽的冬日，街头巷尾烤山芋的炉子就成为冰冷天气里最为温暖的符号。

在故乡，这季节街头卖糖炒栗的小贩也很多，与沉默的烤山芋不同，隔着老远就见到炒栗人大张旗鼓的动作。

哗啦——哗啦——

得两个壮实汉子相互配合，此起彼伏地将锅中砂子不停翻动才成。埋在粗砂中的栗子油亮亮的，像矿藏，被炒栗人的铁铲一掀就喧热地闹腾，一个一个爆着壳儿，大声宣布自己的香甜。

会唱歌的坚果，是甜蜜的坚果。

只是到了如今，仿佛很少见到当街炒栗的小贩了，更多的是机器加工的炒栗，没有了听炒栗唱歌的乐趣，好像连栗子的味道也变得没有以前甜了。

后来，我在菜市买到当季新鲜的独头栗，兴冲冲地称了一袋。摊在阳台正午的秋阳下晒几日，再放在干净的铁锅里用小火干炒至甜香散出。这是从朋友家婶婶那里学来的炒栗子方法，不用加油，也没有放糖或是作为热媒的粗砂。只是在锅里哗啦哗啦地光炒。要不厌其烦地炒，炒到后来，栗子的嘴巴就张开了，如我所愿，它们纷纷“扑！啪！啪！”地大声唱歌，香味散得到处都是。

比起市售的用机器炒出来的栗子，自家炒出的栗子好像更好吃。因为外壳没有黏黏的糖衣而显得清爽好剥，最重要的是它比起市售糖炒栗更自然纯正的甜香，是山林里的秋味，让人想一个一个地剥个不停，一篮子的炒栗子只消一会儿就干掉了。

独头栗比瓣栗更好吃，小栗子比大栗子更甜。在买栗子的时候记得这两个秘诀，炒出喷香甜美的栗子，大约就先成功了一半。

1

2

3

炒栗子

1. 从超市买回锥栗，洗过，用刀剁出缝。

2. 干净铁锅上小火，放栗子，翻炒，先烘去表面的水分。

3. 下粗盐一大勺或者更多，小火慢炒。不耐可改文火，锅盖微微留缝烘着，不时过来翻一翻。待栗子爆开口，空气中闻到甜香味就成了。

TIPS：

· 粗盐只是导热媒介，栗子外层和开口处会沾到少许盐，不必担心影响口感。

深秋的氤氲

你还记得吗？去年的深秋我们一同在森林里散步，夕映红得像烧起来的火。鞋底踏在林间小径上，干枯的树叶挤压着发出从不爽约的沙沙声响。

这座山没有溪流，没有泉水。若抬头可望见——远处大片大片的金黄色银杏叶，灰暗森林中如同鲸腹烛火。到了这季节，深秋干燥的泥土上凌乱铺就重叠枯叶，是有花纹的厚地毯。行在这小径，森林边缘又隐约可见盛大晚霞，像是天边奏起的交响乐。

森林越发显得暗沉静谧。你累了，我们因而停下来，坐在树下聊天。丛林将我们与天光隔绝。

身后的树上结着山核桃，在树梢与树叶间轻叩，又落下来，跌在落叶丛里发出“卜”的声音。弯腰在落叶里摸到橡子，摸到榛实，最后才找到它。

到了今年，同样的深秋，我们离森林越来越远，只有附近的公园里有几片小树林。我仍爱与你一同去散步。在路上慢吞吞地走着，看室外的墨蓝天空，在树梢的枯枝与三两疏朗星子的映衬下显得十分宁静。有小狗吠，有路过的单车链条哗啦啦响动的声音，还有脚步声从自己的脚下发出来。走在弄堂里，如同走在狭长的庭院，这些声音被夜色搅在一起，咂出了傍晚的味道。

一路走着聊着，就到了校门口。那条小街上新开了一家麻辣烫的小店。就算只是路过，也能老远闻到汤底的香味——混着草药味，氤氲湿润又令人垂涎的秋末空气。

去冷柜那边兴致勃勃地选菜串，把喜欢的都放在有编号的小篮筐里，藕片、菠菜、土豆片、香菜、小青菜、白菜、山药、蘑菇、皮肚、海带结、海带丝、金针菇……无论见到什么，大约都会想尝一尝的吧，想试试它们与鲜香汤底结合的味道。菜交给师傅，再自己找个位置坐下，桌上有大盆的油辣椒，大盆的油蒜末，川湘人的做派。

生意太好的店，等菜总是很花时间。在等菜的间歇，在香气充盈的小小店堂，你说自己的嗅觉变得十分灵敏，并疑惑自己生着饥饿的舌头——可明明，才刚刚吃过晚饭呢。等叫到你的编号，你高兴地从桌椅和顾客间探出头来，举着手叫道：“这边！这边！”

小妹就把一大碗混着汤汤水水的时蔬端到你面前。你自己在筷笼里拿筷子拿汤匙，自己给碗里添油辣椒和油蒜末，就像在家一样。

所有爱吃的人都理当庆幸自己生着容易满足的味蕾——即便离森林很远，即便生活过于简单，即便很人间，即便并未事事如意，然而还有两碗街边麻辣烫可带来丰厚满足感。哪怕只是暂时。

植物染

在我曾路过的那个地方，若是沿着山根的那条青石板小街，将会经过许多店铺。裁缝店，专售毛线的铺子，卖荷叶包饭的小店，花圈店，修补铝器的叮当作响的小摊……

街道愈行愈窄，仿佛将经过的风也挤成了狭长的形状。在下午沿着它径直了走，穿过各种各样的颜色、气味和声响，就像穿过整个黄昏直抵傍晚。因街道愈发局促，阳光式微，墙根的蕨类愈发茂盛，足下青石原本的浅青色被潮湿的水汽浸成苔绿，软底鞋踏着像走在湖上。

越向前走越阴暗，等走到尽头，就看到了那家中药铺。

它固执地保持着上个世纪的风调，一扇扇掉了漆的木门板，开张时都竖着搭在门边，店堂陈旧黯淡，就连四周空气里的草药香也像多个世纪前的古物。正如每家店铺都有各自不同的声响，这家中药铺的声音也同它自己一样陈旧。若是有人拿着方子循至，一只只木头抽屉便被师傅抽出来，又合上，发出苍老的摩擦声；草药一样一样地用小铜秤称了，分放在牛皮纸上，又发出细微的沙沙声。那只经年累月的铜秤被磨得光滑漂亮，在灰暗陈旧的中药铺子里偶尔叮当作响，像一味金银花，而四周的一切物事都是一罐被时光慢火熬炖的药汤。

药铺的师傅是个老人，如今回忆起来，相貌已模糊了。唯记得他穿蓝布衣裳，黑框眼镜，因生意少，总坐在门边喝茶。我去的那天他正和旁人下棋，嗓音洪亮，棋子硌在棋盘上“咔嗒咔嗒”地响。

称了些洛神花和大青叶，分别用牛

皮纸包了，细绳捆了，拿在手上很轻，像提着植物的灵魂。

“买这些做什么？”

“试试看能不能染布。”

“染布啊，那大青叶不如蓼蓝出彩，不过我这儿没蓼蓝。你要不要试试姜黄和紫草？姜黄染黄，紫草染紫。”他的声音在窄小的药店里嗡嗡作响。

“嗯，那来一点儿。”

“给你碎的吧，好出颜色，不算你钱了，回去试试看，保管你染得漂亮。”

“那太谢谢了。”手上又多两只小药包。

“像你这样的小年轻，不都是在店里买现成的色布吗？还用得着自己染？”

“嗯……没染过，觉得有趣才想试着染染的。再说植物染料终归要比化学的天然些。”

“说起来，我家老太婆也喜欢自己染布……”算盘噼啪地响着，他头也没抬地说。

“啊……是吗？她爱染什么颜色？”

“什么颜色都有。比如栀子染黄，丝瓜叶和槐花用来染绿。喏，我的椅子靠背还是她年轻时染的，好像是紫草和栀子……你看到现在颜色也还没褪尽。”他站起来让过身，给我看那块罩在椅背上的布。

想必是纯棉的料子，蓝紫色底，显出些鹅黄色的小方块，像暮色夜空一样的椅背。因年代的久远，颜色已不够鲜艳，却有种年迈的古韵。

“真好看啊……”我赞叹道，激动万分，“真想跟着她学染布啊……”

“早就不在喽……已经去世不少年了。”他慢吞吞地叹了口气。

这块星空似的柔软棉布，像清晨又像初霁，像花朵又似露滴。那女子想必是在夏日清晨折下栀子的果实，添加染媒，细心地将布折出花纹，投入锅中熬煮和搅拌。多年后，往生者不在，然而当年的痕迹仍与未亡人相守。

你看，植物染多像婚姻——从择料，揉色，慢火，细心熬煮，经时光漂晾，直至枯燥白布显出迷人色泽。染出怎样颜色全无预料，每一块布结局各自不同。

重又踏在细长小街，暮色四合，远方鸦雀掠过山脊。中药铺渐渐隐在身后，唯有满手草药香。

植物染布

在中药铺可以找到的天然染料有：苏木、紫草、洛神花、大青叶、红花、郁金、姜黄等。

在花园里可以找到的天然染料有：青苔、栀子（果实）、朱槿、桔梗、槐花、日日红、石竹、蔷薇、九重葛、香茅、橡子壳儿等。

在厨房里可以找到的天然染料有：红茶、咖啡、红苋菜、紫甘蓝、洋葱皮、紫葡萄皮、栗壳。

材料：白色棉布手帕，植物可作染料的部位100克，网袋，可加热的容器，染媒（明矾5克，或铁钉数枚）。

---

1. 将植物可作染料的部位洗净，装入网袋，投入500毫升水中，煮沸关火静置三十分钟以萃取染液。

2. 将用清水打湿的棉布扎成团，投入煮沸的染液后改成小火再煮10分钟关火，静置30分钟后，置于清水下冲洗、拧干。

3. 如需进行明矾媒染，须在另一容器中加入5克明矾，加热熔化后成为媒染剂，将棉布投入媒染剂进行为时半小时的媒染后，取出拧干再次投入染液浸泡半小时；如需进行铁媒染，只需在染液里加入表面无镀层的铁器，如铁钉，如常染制即可。

4. 解开棉布上的橡筋，用清水充分漂洗，直到水完全透明。

5. 抻平棉布，晾在通风处。干燥后熨烫平整即可。

一点叮咛：

· 化工染料染出的织物鲜艳明丽，植物染的织物会相应暗哑，固色时间也较短。在使用媒染法后，能够提高植物染的色度和延长固色时间。

· 相同的植物染液，如果使用了不同的媒染剂，往往会呈现深浅不同的颜色。多加尝试吧！

1

2
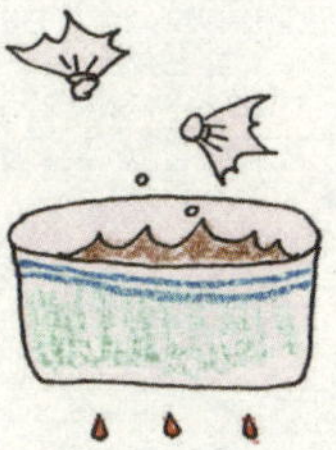

3

4

5

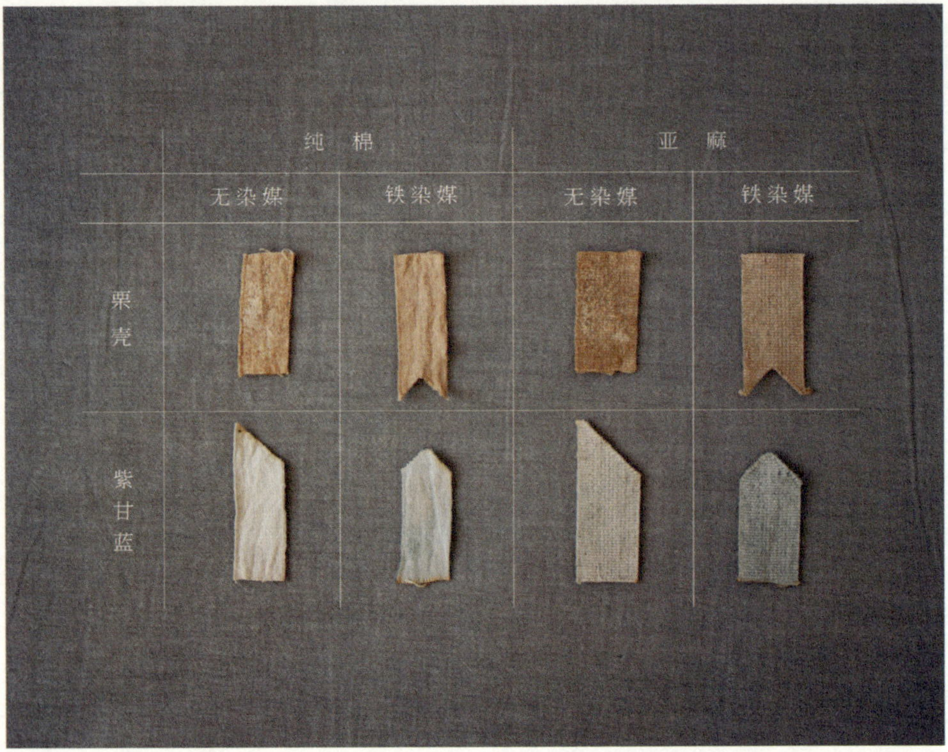
纯 棉
亚 麻
无染媒
铁染媒
无染媒
铁染媒
栗壳
紫甘蓝

立冬

秋天的拼布包

其实秋天早已经过去了。

像是一不留神，阳台外面的草坪就悄悄转成了黄色，唯有窗下茂盛生长着的八角金盘还碧绿地舒展，除了开出许多球状花穗，还吸引来许多苍蝇团团地围着，真让人怀疑花的味道是不是接近大便。

那天是在阳台那儿做这件拼布小物的。阳光很好，气温也显得不像冬天。最初的起因只是因为整理碎布翻出来拇指大的三块蓝色小布片，再加上给朋友裁桌巾时剩下的细长格子小布条，就觉得它们大概，大概是可以住在一起的两块布。这样想着，剪一剪拼一拼，就连成了一小块秋天似的布。蓝的像黎明时的天边，绿格子的像池塘的水和岸边的树。再加上刚刚收割过稻子的泥土，泥土上还开着小野花，它们就让我想起旅行途中火车经过的乡野。

每当天上的云静悄无声地跟着轰隆作响的火车前行，就让人觉得那真是位温柔的跟踪者。

拼布包

材料：各色花布，棉少许，里布，滚边条，针线，剪刀。

1. 拼缝好图案。

2. 依照表面布、棉里布的顺序重叠，用别针固定好。

3. 剪出圆角，平缝出菱格纹。

4. 沿边进行滚边处理。

5. 正面相对，折半，两端各缝合少许。

6. 底角折出三角形，依图示缝合。

7. 缝上拉链，翻到正面就完成了。

1

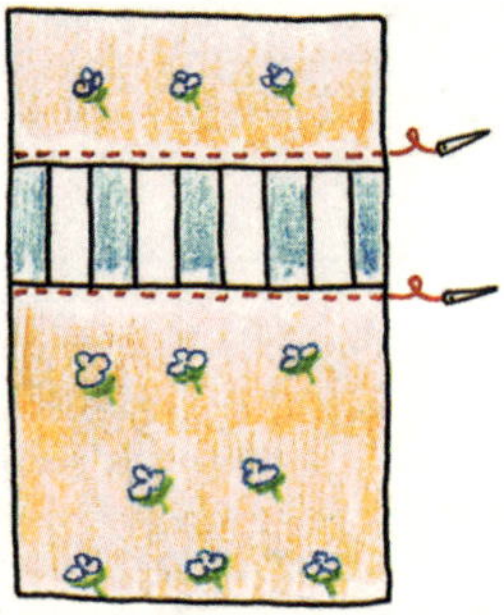

2

3

4

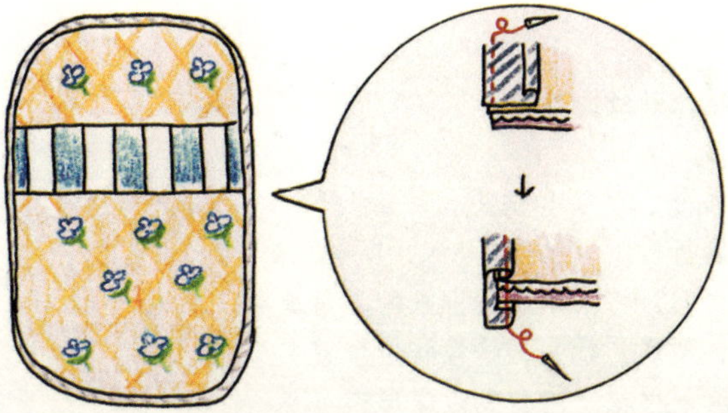

5

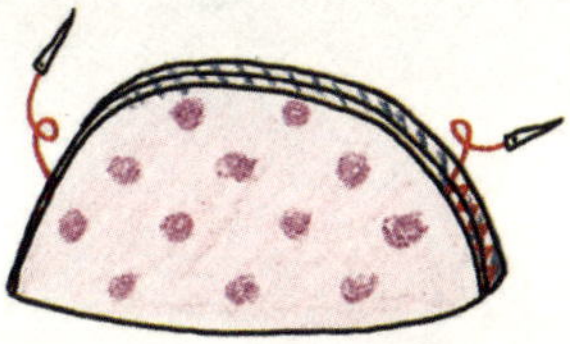

6

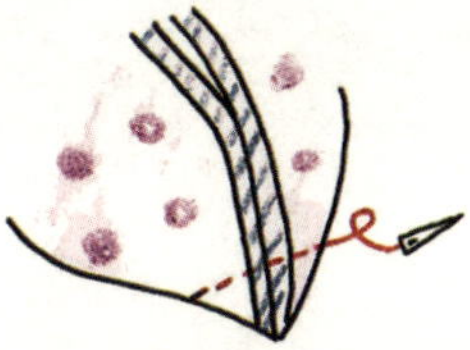

7

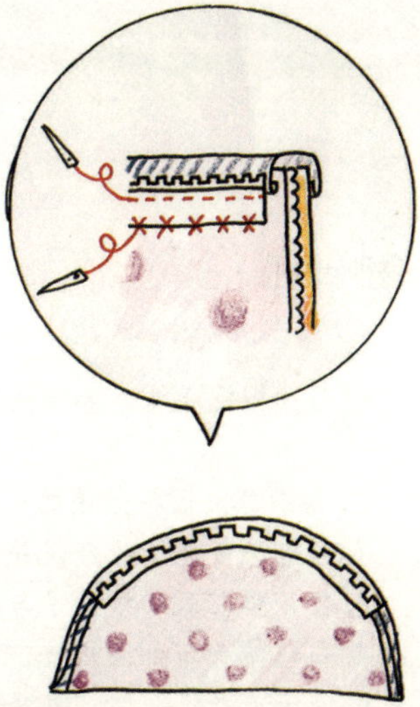

核桃针插

材料：核桃壳儿，碎布头，棉花，针线，剪刀。

1.如图剪出拇指姑娘的床单、被子、被头和枕头。

2.将被头与被子缝合，并向后翻折。

3.棉花垫在蓝条纹被子与床单之间，将床单多余出来的方角剪去。

4.白色枕头布如图折叠，卷起，便成为枕头，缝在相应位置。

5.沿床单平缝一周，收紧线，填入棉花，使其成为球形。

6.将床填入半只核桃壳中，拇指姑娘的小床就完成了。平时可以用它来当作针插。

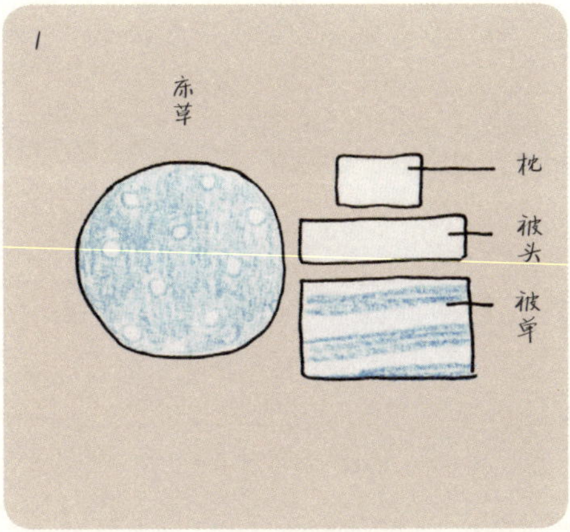
1
床单
枕
被头
被单

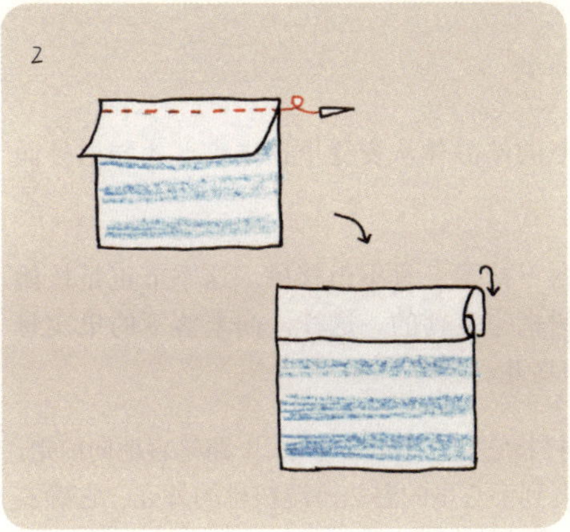
2

3
棉

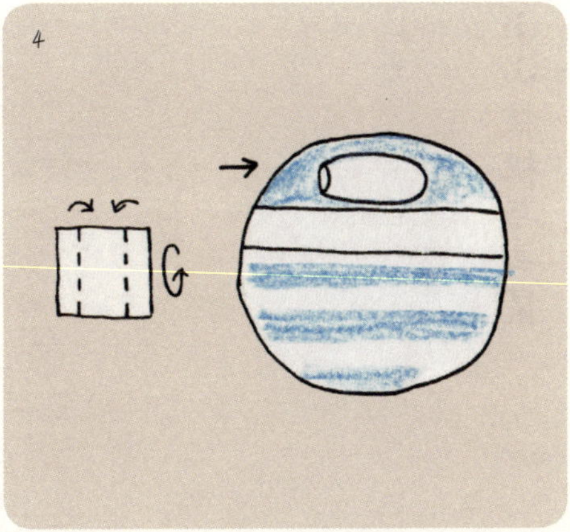
4

5
棉

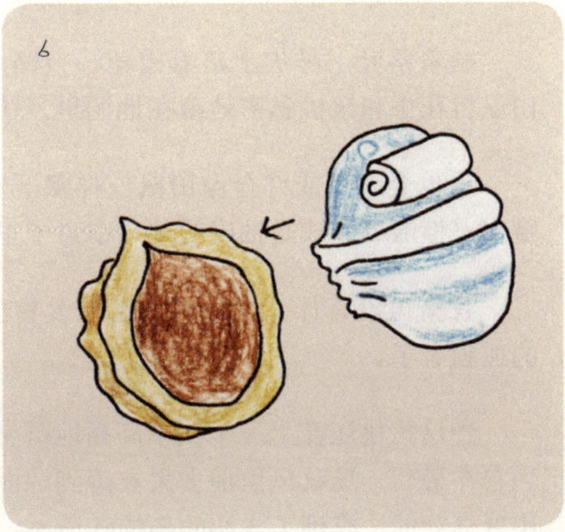
6

小山核桃与田鼠

最早是因为发现那些嫩生生的新生儿似的结晶体从窗缝里钻进来，才知道外面在下雪了。

裹上厚厚的羽绒衣去取牛奶，在核桃树下拾了一只小山核桃。这季节正是核桃树枝叶枯败的时候，树下一大堆落叶，而树梢空荡荡的。这样，尚未落下的果实悬在苍白的灰色天空里，就像被冻在半空中的鸟儿。

我把小山核桃收在口袋里，像个垃圾婆一样将它窝在手心中摩挲。一路笔直地向前走，经过花圃，穿过灌木丛，路过吠叫的狗只，直到手心里的温热濡湿核桃的外壳。它确实是个沉默的收获，满含着冬的意味——干燥、坚硬而内容丰满。

踏着落叶，鼻尖上落着雪花，一路走着，想起童话中的田鼠之家——孤独的小田鼠将花生和核桃私密地藏在地洞里，仿佛唯有这样，到了深冬才可以安睡。

我也会。我或许会像田鼠一样藏匿它。虽然我没有地洞，或许……我可以将它藏在书柜深处，或是抽屉的某只小盒子里，直到忘掉……忘掉……

我猜再没有什么比一只田鼠更爱核桃的了，也少有人比我更想安慰那位童话里的孤独者了。

当这核桃还在上一个秋季高高地蹲坐在树梢上时，它就承载了自然给予的命运；当它在最后一场秋风里褪去果衣落到地面时，它又充满了硬木和坚果的味道——那是田鼠喜欢的，充满了安心的冬的味道。

小雪

客人她

即便是在薄荷叶可以全年采摘的南方，迷迭香、罗勒和紫苏也不过仅在夏秋生长得最为旺盛。那个季节的泥土，就像个胸脯丰满嘴唇厚实的黑肤女人，她供养的植物们都含着充沛的生命力。因而那时节的香草，几乎是可以每天采摘的，清晨的罗勒嫩芽比起昨日傍晚都像是长大一倍。

原本是把那些香草当作赏叶植物来养，然而为了它们的正常生长却又不得不时常在生长过于迅速的季节进行修剪打理。修剪余下的叶尖和碎料，于是用来做料理。我们惯常爱的——有用紫苏叶子蒸的鱼、迷迭香煎的鸡翅、薄荷叶泡的茶或是罗勒炒蛋，所以我们的夏秋餐桌常常充满了园艺味。

这园艺味曾为我们带来一位客人。

我记得那是个晴好的日子，天空明净柔丽而云纹轻薄的上午。我在厨房煎鱼。当我们发现有客人时，谁也不知道她在阳台那儿坐了多久。她隔着玻璃门张望我们，坐姿像个典狱官。

我“咪咪咪咪……”地唤她，她便害羞地跑了。又蹲在不远处的草地上望着我们，有时将手掌搭在阳台边儿上，静静观察。我用小碟子取了些鱼放在阳台，她过一会儿就跑来吃了。我又放一些在脚边，她犹豫了一会儿忸怩地过来衔着猎物飞快跑走。不过她似乎很快克服了胆怯和害羞，不多久，她已蹲在我们脚边喵喵喵喵地要鱼吃了。

她是只有花纹的狸猫，未成年，走起路却已经有成年猫的妖娆。此后她时常造访我们的阳台，与我们一同分享鱼排、酱鱿鱼头、茄子烧肉、卤猪肝和小鱼干酱等等食物，与我们一同分享夏秋时节直抵冬季。

没错，像今天这样的冬季，上午时阳光一筐橙子似的轰隆隆地滚过来，在草地上弹跳，然后落在我们的阳台上，落在我膝盖上，落在她柔软舒展的脊背上。虽然是初冬，然而草大多仍是绿的，间杂些枯色，像被烤过的绒毯。这当儿，我爱坐在阳台上做针线，从膝盖到脚，都落在阳光里。阳光的温度透过灯芯绒长裤，透过毛绒拖鞋，一直渗到肌体。其间我穿了几次针，起身几次，哼着什么歌，只有她知道。她一时蜷在阳台边沿发呆，一时窝在我足边有阳光的地儿打盹，时常用世间最慵懒的体态告给周遭她的睡意。

我时常想问她：“你，想当我们的猫吗？”

抽屉上的字

中药铺是我爱待的地方。除却气味好闻，还有许多抽屉。按说图书馆的屉子也不错，只是少了药香，还有股子灰蒙蒙的霉味儿。而药铺的屉子敦厚、结实，深浅适中，其中装过的物事，来自山川湖海。

屉门上还有容易让人神游太虚的药名儿，用狼毫小楷写出来，好看得很，比如瑞苓、蒲身、半枫荷叶；有些念起来婉转，比如独活、虎耳、当归；还有些仿佛尘世间发生过的事。好比“王不留行”，犹如“虽有王命不能留其行”，若不是北风之流没心肝的，当是赤胆侠客之类的人物，兵器不消说是细叶七星剑——另一味药。

而“桃奴”是小丫头，某山村某姓，头发有点儿营养不良的黄，个头纤弱未成气候，容颜却俏丽得很。年未及笄，会点儿小描小绣。初夏时嗤笑着躲在花墙后头拿幼桃掷隔壁的某某，那走了桃花运的呆头鹅不晓得为什么总是被桃子打到，只挪了个地方继续念书。

只是当年秋，不知怎么她就死掉了，被草草葬在山腰。许多年过去，至死他都不知那些桃子的来处。

好了，以上只闲扯个故事。原本药铺抽屉里的桃奴——指桃花谢了结出的青涩嫩果，未及长大，因各样的缘由落了，初夏拾得，晾干后即是。有止痛止汗功用。

我曾买过一口巨大的玻璃瓮给家中老人泡药酒。在除却了名字之后，中药材更为迷人的一面大约来自观感。树根、草叶、果实、菌株、风干的花，以及乌贼的骨头、海胆的壳、一尾盘花小蛇。另有一枚平张的蜥蜴标本，枯瘦如柴，面目悚然，入药叫作蛤蚧。

统统入瓮，像封入松涛云海和夏夜丛林的诗——这分明是巫术。

好了，再来说中药抽屉。对收纳狂来说，中药屉是一级装备。

若有幸能得一只中药柜，不要再上漆了。将牛乳沤酸，取清汁抹两遍就好。屉门上的铜框铜扣要用牙膏刷，别太费劲，刷太亮就不美了。

信不信？任怎样的房间，有了中药抽屉沉默地耸着，立刻有了光阴的味道。

倘若你来我家，也许会说，唔，看起来太旧了。

对的，我喜欢旧。

喜欢一样东西，总会喜欢很久很久。那东西变得很旧很旧，坏了死了不能用了，甚至见不到了，说不定我仍喜欢着。所以我们这样的人，要喜欢上别的东西，得费很大的劲。

大雪

夜遇

途经常常走过的小巷，忽然发觉巷口支起一片炸豆腐的小摊。

虽夜深，来往仍有不少人光临。平日少走夜路，因而从未得知这片小小摊子的存在。当阳光下的一切被夜覆盖，常常叫人认不出来。白日里逼仄的巷道忽然成了黑洞一般的所在，炸豆腐摊也因此有了玄妙的味道。仿佛它是一道门，倘若买一串炸豆腐作门票，是不是就可以通到另一世界去？

我把车停下来，买了一串炸年糕。第一次吃炸过的年糕。其实是市面常见糯米制的水磨年糕而已，叫人惊奇的是炸过之后的松软口感，配上老板娘给刷上的甜面酱与辣酱——还蛮不赖的。回头望着黑幢幢的深巷，我忽然理解了古代鬼故事的浪漫。《酉阳杂俎》中第一个说“卖油者白菌”的那位唐朝人，想必正是在夜归途中构思这个故事的吧。

食毕，离开一豆微灯的巷口摊，重又回到空旷的，被月光映得雪亮的大路。

“我们中间有许多人赞美我们认为自己不具备的品质，甚至向往我们缺少的东西。”博尔赫斯说。正如我们常常抵触孤绝，却又暗向往之。难得夜归的人，又有谁不是在喧嚷中偶遇孤绝，在空旷中得见其迷人之处。欲投身，却又徘徊，好像交通灯前为难的盲人。

借盲

朋友送了两盒眼部面膜给我。对于护肤之道我一向懒散与笨拙，只好将它收在被遗忘的角落。有一天想起眼膜这回事，拆了一包，是棉布制的，沾满了芳香的液体。

我对着镜子将它们贴在眼睛上。

眼睛被盖住了，听觉变得灵敏，麻雀在窗檐上扑腾翅膀，楼下有人大声唤狗儿回家。耳朵张开了，手指探出去了，我摸着墙、门框、桌子边慢慢走回到自己的房间里。

房间不大，床在这里，书柜在这里，对，桌子当然也在原来的地方，可是现在我觉得它陌生了。我迎着窗边明亮的光线走过去，光线白亮亮的，什么也看不清，却很让人想要接近，好比在一团陌生当中它是唯一的熟悉。

我曾看到一段盲人歌手的采访。他说盲是种什么感觉呢？就好比你的手，在你的手背上有着一只眼睛。你能用你的手背看见东西吗？不能。这就是盲的感觉。他慢条斯理却又好像满不在乎地说着。这是个令人心酸的话题。

我将眼睛睁开了一条小缝，除了白色什么也没有。我坐在窗前回忆着那个采访片段，觉得它与我当下的视力一样模糊不清。

现在是冬天，窗外空气的味道是爽脆的。四周安静而洁白，如同一片虚无。我这样坐了一会儿。直到取下眼膜的那个瞬间，这混沌而奇妙的世界才退去。

手提袋

材料：米白色棉布、里布、红色及蓝色格子布、针线及剪刀。

1. 袋布的表面贴缝图案。
2. 里袋的尺寸与外袋相同。
3. 外袋和里袋的布料正面相对，缝合两端。
4. 展开后对齐缝线，如图缝合，注意留出返口。
5. 由返口翻出袋子的正面，缝合返口。
6. 里袋翻入外袋，沿袋口平缝一周以加固。
7. 包带的做法。
8. 用珠针确定位置，将包带与包缝合。

1

2

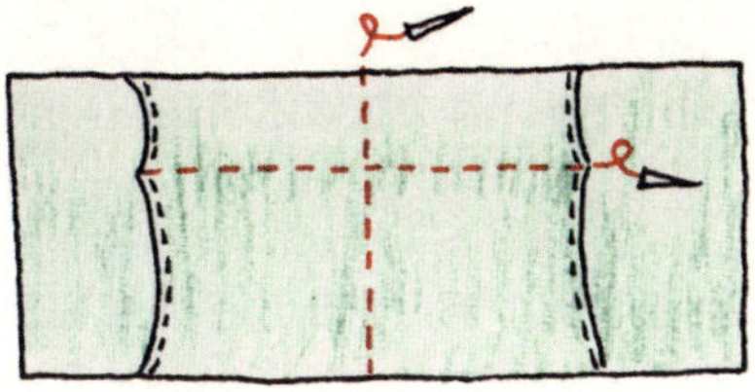

3

4

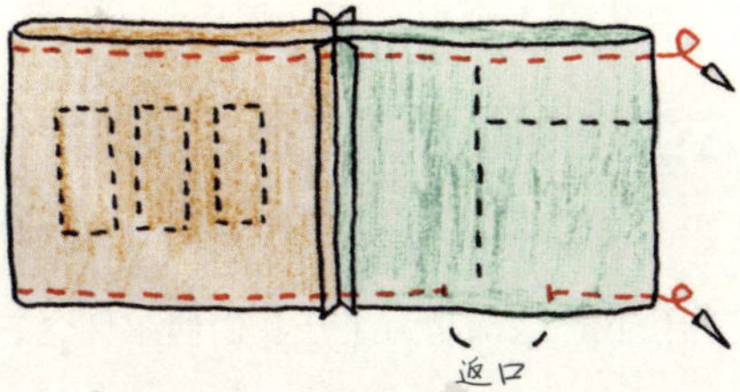

5

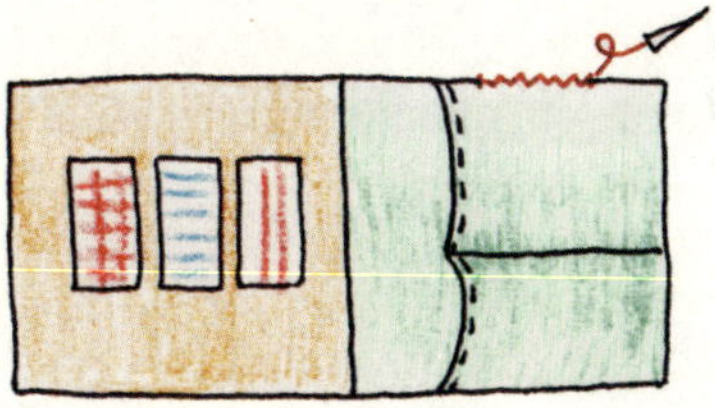

6

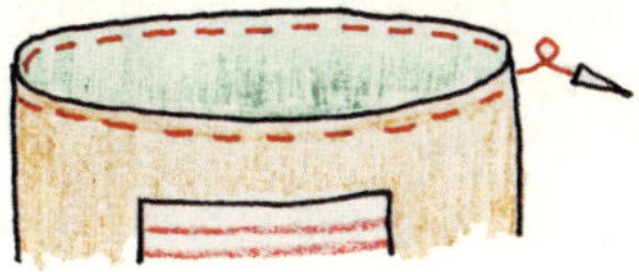

7

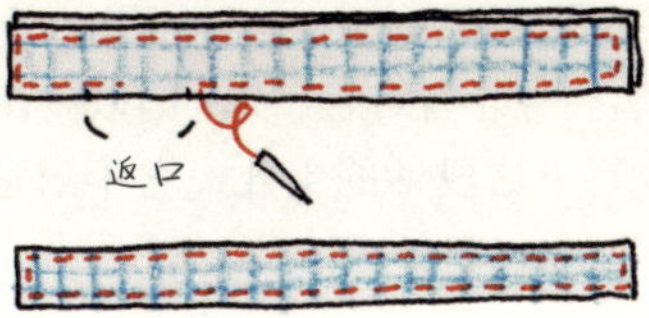

8

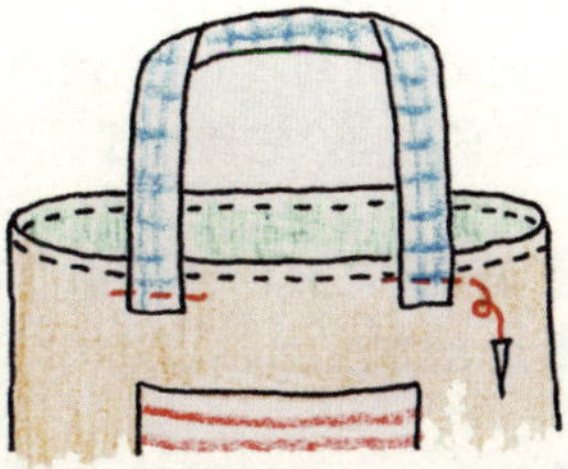

去年的伤口

我在去年烫伤了小腿。托深度睡眠的福，小腿每年冬天都会被暖水袋烫伤，所以，眼下这次也没理由大惊小怪。

最初，那颗水泡很漂亮。它像一枚亮晶晶的水果糖，透过它我几乎能看到水泡底下的肌肉纹理。鉴于我一向痛感迟钝，且常懒散地随伤口自去，所以并不知道水果糖是何时与我决裂的。大概在不为我知的某个时刻，它不耐地脱离我的小腿，只在秋裤上留下一道淡淡的影子。

发现小腿上有了个真正的伤口是在洗澡之后。烫伤的部位红肿发炎，我总算开始照顾它。晨一次晚一次，饲以碘酊与药膏，用洁净的化妆棉和医用胶带束缚它。就在我写下这段话的当儿，它不耐地反咬我一口——曾经迟钝的痛感因它渐渐变得敏锐。

它不喜长靴，我褪下了冬裙和毛袜，换上长裤和短靴。因为它，我步调减缓，提前进入老年。我还在某个夜晚因它的提醒而停下工作，休息并且得见寂静夜空中皎皎的玉盘。

我带着自己包扎的小伤口，从一年走到了新的一年。新年我换了新的日记本，制订了新的阅读计划，开始写新的书，养成了新的习惯。没错，我给了自己新的生活。但那个去年的伤口，它硬挤过年与年的分界，陪着我走到了崭新的当下。

除了正视它，照顾它，用时间渐渐消耗它，你没有办法赶走它——世间所有的伤口，都是这样吧。

伤口终会消弭，留下浅白色的缎面疤。相信我，这都是为了让我们偶尔怀念它。

冬至

双暄

过了午。

墙根儿下暖得很，冬天的日头给灰的墙涂了层奶油。我把羽绒衣褪下，着单的羊绒衫子，挨着小竹椅子微微弯下腰，好叫阳光晒到后背。地上映出我的影子，像可以剪下来。太婆与我一同晒日头，闲闲拉些家常。古人管晒太阳叫作“负暄”，管见面唠嗑儿叫“寒暄”。太婆与我双暄并举，倒也不负暖阳。

小院儿里真静，静得像刚落过雪。前年冬天下大雪，我和女儿在小花园里堆雪人。记得那时闻见蜡梅香，是园子里种的。不久前也在那儿见到过一个女人推着单车来贩鹅蛋，脸圆得像糖烧饼。“鹅蛋八块钱一个，我自己家养的鹅。”她讪讪笑着。

“鹅蛋吃起来腥腥的，下奶倒是不错。”我妈皱着眉头轻声说，拦住要掏钱的我。我什么也没有买，任那单车走远了。

养老院的大爷拿小喇叭播起豫剧，雪白蹄子的黑猫坐在一边听。人们上班去了，车都开走了，院子里空荡荡的。细细的草在车辙里将身体抻着，这是平凡的一天。日光流下来，流到墙根，流到黑猫身上，流到它眼睛里，发着琥珀的光。我想我是眷恋这儿的——老老的、旧旧的、常常被私家车堵得走不了道的小院儿，动不动刮一阵风就落得人满头满脸都是槐花末儿。

背被晒透了，骨头松动了，日头的温度一直透到前胸，成了一股热流。

“我快要搬走了，不住这儿了。”我说。

太婆打着瞌睡。

无人回应的陈述句粘在灰的墙上，粘着冻黄油似的日光，像一个遗憾哪。

每天经过明故宫两侧的长路，常叫人生出虚幻的感受。天际高得不像话，若晴好，风筝在高空鱼一般游动。早年路的一侧是褚红色的宫墙，如今被推去，设了围栏。没有了宫墙，皇城里的残景露出来——无非是石柱础的残块，散落在草木间十分沉默。

沉默，就是那个王朝如今的表情。历史在其最繁盛时将这座皇城遗弃，现下只余卷草纹样的呼吸。虽时常能见到浓稠落日，也有灰背喜鹊掠过屋脊，这些鲜活浓彩的意象却只能加剧皇城景象的残破，使走在毗邻皇城的长路上的人，越发觉得自己是走在墓穴中的甬道里。

少年时我与伙伴去皇城里玩儿。褚红色宫墙的另一边不见奢美的宫殿，只有高高的茅草。我们玩累了，胳膊圈着膝盖，挨坐在石柱础上聊天。夕阳渐渐淡去，天空由鸽灰转变成墨蓝。虽然年少的身体总是涌动着热气，天黑之前却一定要离开。因为皇宫日间是宁静的长者，入夜就化身诡谲的兽穴。

再往后，我依旧每天穿过这条长路，上学放学。再往后，我依旧每天穿过这条长路，上班下班。眼下近春，却仍然下雪。

我同往日一样途经那条长路，暴雪突然降临，叫人看不见周遭。前后左右一切都消失，好在我仍然可以行走，好在即便目力不存，望不见路的去处，我仍然能够察觉到方向，也许是因为心里的那个鲜明地标——我知道皇城就在那里，在身旁，存在感如此真实，仿佛能感知它的气息。

我不信人有直觉或灵识，如若心灵能与某个所在万般契合，那一定是因为熟稔，以及回忆太多。

回忆太多了，下略四千字。

现在是傍晚，我在窗前写下这段话。许久不曾落笔，竟是难以定心。我明白人间灯火胜于巨星，一切回忆皆不如当下安好，却仍然放任自己被回忆锁住。

终有一日平凡的我将消失于这个世界，但那座皇城想必还在——它如此古老。那条长路也在，而有关夕阳西落有关他的回忆，必将与消失的我一同散去。

当年与我一同在皇城里玩的小伙伴，早已失去了踪影。又是新的一年了。我仍然持有着十年前交付给他的电话号码——想必我仍然指望着失踪多年的他，有一天能拨响它。

这个看起来像新年愿望的小指望，因日复一日经过那条长路而持续希冀，又因年复一年无法实现，竟化成了人生执念。

若不是这场莫名其妙的暴雪，我兴许意识不到呢。

1
2
3
4
5
6
7
8
9
1
11
180°C
12
13
14
15

天使戚风蛋糕

材料：3 只鸡蛋的蛋黄，5 只鸡蛋的蛋白，砂糖 60g（分 3 次加入），低筋面粉 70g，椰浆 60ml，植物油 50ml，淡奶油 100g，用于装饰的水果块和糖果少许。

---

1. 将蛋黄与 20g 砂糖混合，搅拌至发白的程度。

2. 倒入椰浆后，搅拌均匀，再一边倒入植物油一边搅拌，直至液体无分层，均匀顺滑。

3. 用细目的面粉筛，仔细地筛入低筋面粉。

4. 不要画圈！而是要用“像切菜那样”的手势，翻拌蛋黄糊至均匀。

5. 蛋白下方置冰水，用搅拌机的快速挡搅打，分别在出现大泡和细泡时分次加入 20g 砂糖。

6. 直至蛋白挺直有弹性的状态才能停止。这一步挺累的，为了美味的蛋糕，请再坚持一下……

7. 将烤箱打开，预热 180 摄氏度备用。然后，回到操作台，用橡胶铲挖取一匙打发的蛋白到蛋黄糊里轻轻翻拌，将蛋黄糊稀释。

8. 将蛋黄糊倾入蛋白中，从下向上轻轻翻拌至均匀。注意翻拌太久会使刚刚打发的蛋白消泡，所以翻拌的动作不要太久，目测颜色均匀就立刻停手。

9. 把混合好的面糊倒入模具中，在桌子上转一转，使面糊均匀平坦。

10. 用手轻轻地叩一叩模具的底部，让面糊里的大气泡跑出来。

11. 现在烤箱应该已经预热好了，用 180 摄氏度烘烤 40 分钟。如果是第一次烘烤，在最后 10 分钟要经常观察面糊的情况，出炉前用细竹签插入糕体再拔出。如果竹签表面带出了面糊，则说明未熟，需要继续烘烤。

12. 烤好后，趁热将蛋糕取出。模具倒置放凉。

13. 用细长的水果刀或竹签插入模具边缘，紧贴着边缘进行脱模。戚风蛋糕胚就完成了。

14. 接下来做表面的装饰：淡奶油放入大盆中，打发至膨胀稠厚。为方便充分打发，可以在盆底隔冰水冰镇。

15. 将打发好的奶油浇在蛋糕表面，点缀上水果块、星星糖和巧克力豆作为装饰。

TIPS：

· 这是一款不含泡打粉，而且便于家庭操作的戚风蛋糕。因各家烤箱温度略有差异，第一次烤时请多多观察烘焙情况，根据自家烤箱温差调整温度和烘烤时间。

· 用削碎的巧克力或果仁来装饰也很不错。

湖面风紧，冬天的阳光透着银白色的寒。即便如此，还是去办了租船手续。因想着可以动一动，且一时怀念起儿时游船的兴味，特意放弃电动马达选了脚踏。与家人一同踏上敞亮的船坞，船已泊在岸边静静等着了。

冬天的阳光斜映在湖面上，波光粼粼。这样轻柔的水波，大约只有湖中才有。想起往年春天跑步，清晨时经过湖边总留恋不肯离去，皆因这样的波光与春花的美景。

湖面上风好像更大了起来，爸爸咯吱咯吱地踏船，我在船头给孩子紧了紧衣服。天空中嘎嘎作响，抬头竟见巨大的水鸟自湖面掠过，展开翅膀好像一枚低飞的风筝。我忙唤孩子看，啵啵啵，快看！她来不及，只见到鸟的尾羽。

有一年在南太平洋，同伴也这样大叫着唤我："啵啵啵！在那边！又来一群。"然而我的目光无论如何也跟不上旗鱼飞驰的速度，它们此起彼伏转瞬即逝，连一片水波都不曾让我辨清。

所幸世间我错过的事物，都真实地存在着。这样一想，"看一眼都来不及"似乎也没什么关系。年轻时常因错过不甘心，错过了便一直惦记着，比方说那个遇见玫瑰色落日却没有带相机的黄昏。现下却觉得错过何尝不是一种释然。

天空真蓝。划完船将船交回去。在公园里走走，经过一小片湖的岬角，因背阴而结上了冻。捞了一些冰块给孩子玩，再远远抛回到冻硬的冰面上，滑出去老远。拾冰时在岸边看见去年夏天生长又在秋天坠落的莲房，凝冻在冰中，竟隐隐留着一抹青色，不知是否我的错觉，或只是湖岸上柳枝的倒映。

记得初夏时这片荷塘最美，我曾经留恋过。

花饼干

材料：低筋面粉 100g，蛋液 15ml，黄油 65g，糖粉 50g，玫瑰酱 30g，盐少许（1-2g）。

---

1. 黄油在室温中软化后，依次加入糖、蛋液、盐，搅拌均匀。

2. 将玫瑰酱弄得松散些，倒入黄油糊，略为翻拌；再筛入低筋面粉。

3. 以“切”的方式翻拌，使所有东西混合均匀，成为面团。

4. 取一只长方形空纸盒，开口向上，覆上保鲜膜后，将面团隔着保鲜膜压入纸盒，使之成为长条形。

5. 将长条形面团放入冰箱冷冻两小时或更长时间(也可以连着纸盒一起冷冻)。

6. 把冻硬的面团切成 5 毫米厚的薄片。

7. 在烤盘上排好面片。面片之间适当留出距离。以 170 摄氏度预热烤箱，烤 30 分钟；最后 5 分钟多多观察上色情况，以免烤焦。

小寒

永不重复的曲子

大概还是上世纪七八十年代或者更久以前的造物，像是用许多废弃的各色线纱以完全没有规律的方法纺织而成，这种古早味的土布在如今的布料铺子里已经很少见了。也许织它的那个女子一直在想着别的事，所以随手抓到什么颜色的线就用什么颜色来织，因而这块布就有了很随便的性格，无论将它放在哪里，都像个由于农闲而显得无所事事的人躺在那儿。

很久以前，我在苏北的农村见到过用这种土布做的门帘。

那是我唯一一次去农村玩。走在被冬季冻得硬邦邦的田埂上，鞋底发出细碎的响声。前方灰白的天空成为遥远之地，它同样就像一块嚼不动的硬生生的冰。田野、树木、池塘变得又薄又瘦，天地间的一切都被那种叫作寒冷的东西挤得团缩起来，因而也就显得格外巨大和空旷。

当时我只有八九岁，穿着大红色的滑雪衫在隆冬的乡间咯吱咯吱地踩着冰屑子，大人在身后叮嘱着："走到草根上吧，那样不容易摔跤……"

"还有多久才到呢？"好像已经走不动了，弯下腰在田埂间捡拾干枯的像花一样的果实。

"就快了。"大人的声音从后面传来。

于是接着走，把拾到的宝贝收在滑雪衫的口袋里。等到达要拜访的人家，手心里的汗已经濡湿了那几枚花一样的果实。

那户人家的阿姨站在门前笑眯眯地看着我，往我热乎乎的小手里塞花生、瓜子、芝麻糖。她惊讶地发现我手心里的东西："你喜欢这个呀？"

"在路上捡的……"我很不好意思

地小声说。

“是棉花！我们家有好多！”站在一边的小男孩尖叫着，随后一转身就不见了。

阿姨笑起来，指指她身边的门帘：“喏，这个就是棉花做的。”

那一席门帘就是我提到过的土布，比起我后来见到的，它的颜色更热烈浓厚。同样是没有规律的纱织，红扑扑的，从门楣一直垂落到几乎及地。最顶上还衬着一块荷叶边的白色短帘子，当中绣着喜鹊登枝。

我顶喜欢那块土布，倚着门框摸了又摸。它与四周的泥墙相互映衬，像个坐在火炉边的老婶婶，一边纳着鞋底儿一边慢吞吞地哼着永不重复的古老曲子。

那男孩跑进来，用棉衣前襟兜着许多棉花苞，有的还连着枝子。他边吸鼻涕边说：“都给你。”

现在想起这场景，就像隔了一层模糊的沾着水汽的玻璃——原来已经变成遥远的怀想了。

后来我再没回去过那儿。就像不可逆的童年，我再也不可能遇到同样寒冷的风，同样的田埂和矮树，同样的冰块似的天空和同样热情纯朴的乡人。正像无规律的纱织土布，岁月、成长、记忆，它们都是永不重复的曲子。

临国诠书

这个冬天，一日一页。

临帖当中，时间无一例外地宁静漫长。唯天色不同，黯淡沉寂或者明亮，落小雪或红红日头吹起无名的风。狗走过来蜷着，待我临过一页足下已微有鼾响。

我不是僧侣，尚未信佛，临抄国诠书《善见律》只是觉得它美。卷末诸多题跋观款，幸有这珍重赏惜方得以流传，一世又一世。又幸当今有精妙的印刷术，使常人得见这名不见经传的经生所书。

每日书写一页，每日工整拍下照片稍作记录。如此累积，日日收获不同。譬如由某句生起好奇心，因而搜索翻阅探寻，得知种种；或写到一个字，啊，是一位故友的姓，心中顿化出稠稠的感伤；又有临写到异常隽美的笔画，不由稍停——越抄到后来，对书写者越熟稔，越是叹息。

世事恒常。总有些人自生至死，从未得知自己流芳百世。

我端坐桌前，在时间这头缓慢行笔，一笔一画，仿佛隔着那样漫长的时间与之同书。我异常笨拙地复写他的笔意，试图探知这秀丽舒展的笔迹出自何人——少年还是老者，过着怎样的生活，有何种命运。写到这一行，他那边是夏日还是冬，窗外的天光是黑夜或白昼，他的烛光是否映在他的眉头。

无人能窥见时光的外形。宇宙自坚核萌发乃至当下，137 亿年无非造就这样庸常的我们。虽有名者，每世少少而已。奈何不庸亦不名者更如入泥沙不知所踪。

国诠无传，何况我也不是读史的人。唯有一千四百年后的这个冬天，以每日临写的方式望向时光彼岸的他，遥遥拜会一声永无回信的问候。

注：国诠，唐初人（七世纪），名不见经传。贞观（627-649）中经生。国诠工书，有《善见律》传世。

「某日将临过帖的字纸裱糊在书桌旁，且作壁纸吧。」

山的味道，海的味道

读着《窗边的小豆豆》，我也一边在回忆自己的童年。虽然儿时的我并没有小豆豆那样调皮，也并未遇到过像小林校长那样特别的师长，但幸福孩子的童年，可能都是或多或少相似的吧。

比如在读到小林校长要求家长每天为学生准备有“山的味道，海的味道”的午餐时，脑海里立刻回忆起小时候母亲常做的那道汤。

当时的母亲很年轻，也很忙碌。每天匆忙地在下班路上买菜，到家后洗洗手就得立刻煮一家人的晚餐，那些看起来明明很普通的菜蔬，但凡经她的手总是会像魔术似的很快变成一锅美味。直到我自己成家做了女主人之后，每当为了“今天做些什么菜呢”之类的问题而犯愁时，总会很敬佩当年的母亲。

那些看起来很普通的菜式，现在想起来却是费了她不少心思吧——为了全家人的健康而合理地搭配荤素；为保证孩子的生长发育还要经常煞费苦心地用最健康的烹饪方法。

冬天是白菜最好吃的季节，母亲常做的那道肉丸虾仁白菜汤总是最受欢迎。一直到我长大，离开她的身边来到另一城市，若是在冬季买到味道很好的白菜，也还是会忍不住自己试着做母亲常做的那道汤。那是只消一会儿就能完成的很有营养的热汤，可以在冬季的异乡热气腾腾地唤回娘家的味道。

1

2

3

4

肉丸虾仁白菜汤

1. 新鲜的肉糜加料酒、盐、黑胡椒粉，地瓜粉也要的，而且要多一些。混合搅匀至有弹性，放在一边。

2. 锅里加水烧开，放适当的盐，把刚才混合好的肉糜挤成丸子，汆入水里。盐一定要先放，不然会把丸子里的咸味煮淡。

3. 加入大白菜。可以先加梗的部分，三分钟后再加叶子。然后盖上锅盖小火焖十分钟。

4. 放入剥好的新鲜海虾仁，再煮约五分钟，起锅时依个人喜好撒些香芹末就可以啦。

因为地瓜粉避免了肉丸子里的胶质被溶解，所以肉丸子吃起来会很嫩。而黑胡椒可以带出浓郁的肉香。

这道汤的调味品很少，只有盐，连味精都没有，完全突出了食材的原味——肉丸的香滑，海虾的鲜美，白菜的甜柔。

大约这就是小林校长赞许的有“山的味道和海的味道”吧。

万物伏法

剪下盛放的微型月季做了茶席上的清供。冬令仍持续开花的植物不多，月季是一种，天竺葵也是。然而前者终究较后者清瘦娇美，显得更合冬候。

这猜度是不好的——追究到底万物贵贱又或合与不合，全仗人臆想。实则天生地长皆蝼蚁也。我们爱将见到的一切命名，人类都是自大狂。

想起秋天的某日——我与女儿去景德镇，订票迟，不得已只得乘夜行车的二等座。火车开得很慢，窗外山丘起伏如同怪兽喘息，灯若幽微，将黑夜映作浓墨。车厢内拥挤不堪，气味污浊。没买到席位的旅人席地而卧，又或挤在过道上大声言笑，想走过去接杯开水都是千难万难。直至车过了黄山，人渐稀少，空间松快起来。我起身去接水沏茶。摇晃的慢行火车隆隆作响，窗外景物已换作莽林。孩子熟睡，鼾声细细。我只带了蜜香红茶，条索蜿蜒的大叶种衬着白瓷茶碗像中国画里的枯墨。投以热汤，渐渐散出焦焙的芳香。在陌生的环境与陌生的时刻，嗅到熟悉的香气，这一切搅和成了一盏难以言说的茶汤。

回忆起来，那就是“顺了”。打结的、乱作一团的焦躁，被黑夜梳理，被茶香安慰，终于平息了。

天边渐渐透出微芒，直到清晨。

万物伏法。若是走不过去，且等待吧。不观不闻不言，静待时日，即可度过。

大寒

再问梅消息

阴有雨，天光黯。

蜡梅的香味从墙的另一边幽微地传过来，闻起来清冽又潮湿，像空气里被注入了有香气的水。今年接孩子散学的那条小路，在墙的另一侧就有一株巨大蜡梅。想必生了许多年，犹比两层楼还要高。已开的花与未开的花珠儿一串串结在光秃秃的枝条上，阳光一照，就显出半透明的蜡质。古诗里赞的冬天盛开的梅花，指的应当是蜡梅吧？

每年冬天都是路过蜡梅树的时候瞧一瞧，拾落下的花苞回来供于清水茶盏，聊解小趣。然而今年朋友父亲小院里养的蜡梅开得旺，我得了一大捧花枝，明晃晃搂在怀中穿过小巷走回来，喜欢极了。回家后用清水养起来，落下的碎枝舍不得丢，另插了小瓶，做了案头的清供。香气幽静，阖目好似坐在老家的深天井，也是这样的冬日。

有一年秋，在马尼拉，我从小贩手中得了一串草茎与新鲜茉莉花结成的长链子，挂在颈子上香了整日。蜡梅花端凝，若是也串成链子，大概会让旁人疑作蜜蜡——颜色与质地都很像。蜜蜡像蜜糖，我有一枚，常想吃了它。如今见了蜡梅这模样也难免想尝一尝。曾见有人用茉莉花炒鹅蛋、岩盐腌樱花瓣儿，也有玫瑰与红糖酿成稠稠酱汁，但我从不知蜡梅花能不能吃，到底没敢下嘴儿。细想又觉得，蜡梅花大概拿来窨茶也不错吧。

案头的蜡梅舍不得动，就这样放着吧。蜡梅香气将整个屋子染得明晃晃，窗外阴雨天，案头却像有日光。

[落下的碎枝舍不得丢，另插了小瓶，作了案头的清供。]

深冬蔗，踏马蹄

一年年四季轮转迅疾，一日日也过得那样快。少时课堂上常觉时间缓慢，铃声好似永不再响一般，时间被拉得那样长那样长，像口中偷偷嚼着的泡泡糖。而如今从早忙碌到晚，时间同马蹄响一般，在后头紧紧追着。

清早带着孩子和狗去菜市，买了豆腐香菇回来炖。又见到售贩的荸荠光鲜喜人，想起周作人写“乡下有时（将荸荠）煮了吃，与竹叶和甘蔗的老头节同煮，给小孩吃了说可以清火。那汤甜美好吃。”忽然馋得不行。眼下这季节竹叶难觅，只得作罢。提了荸荠，又转去水果铺买甘蔗。深冬的甘蔗很瘦弱，挑了根小的，请小贩削皮，又嘱她一定将老头节留下。她举着大刀一路咔咔削一路问，做什么用呢？我说了一遍煮法，她说那回头我也煮一次。

她有个女儿，比我孩子年纪略长。胖乎乎的丫头子，常见在水果铺门口玩。当初只四五岁大就会帮着大人做生意，拿小马扎坐在水果筐前吆三吆四地叫卖。近年经济不大好，这间水果铺倒还是老样子。只是换了个位置，向巷子口挪了挪，原先的铺面转租给一间大碗面。

时世沦汤，日子倒还是要过的。

回来后站在水池前细细削荸荠，削出白白的肉。我小时候很爱吃生荸荠，可有一年报纸上说荸荠皮肉之间的夹层有人易感染的寄生虫，便很少吃了。煮过吃倒还安全，只是口感温吞，与山药类似，哪里及得上生食汁水甜美来得有意思？

甘蔗老头节放在砧板上咚咚地剁成小块儿，与荸荠一同入砂锅炖。不多时，清甜的香味从砂锅盖上的孔漫出来，整个厨房都是。当年祖母在世，爱用砂锅做炖菜，炖红烧肉、炖排骨汤、炖栗子烧鸡。她用打湿的布将砂锅透气的孔儿、缝儿都堵住，我一直不明白为什么。后来我长大了，终于也没能来得及问，她已经不在了。眼下我靠着水池边看着砂锅缓缓冒出的白汽，觉得轻烟一般的蒸汽活像砂锅里沸汤的灵魂。现在想来，祖母也许是怕那香气散了吧？

煮好的荸荠甘蔗水，家里人四下分了。甜美好吃，周先生诚不我欺。待初夏竹叶生出来后，再煮一回正宗的吧。

「若在野地里遇见结着红果的藤蔓，就结成深冬的花环吧。」